今朝の顔

清野 廣
Seino Hiroshi

文芸社

今朝の顔

睨み

曲がり角に差し掛かった途端に「キイーッ」とブレーキの鋭い音を鳴らして、八輌編成の車輌がトンネルの中を進んでいる。遠心力が働いたためか車内の乗客は左に右にと体重移動をさせている。もちろん毎朝のことで無意識に身体が反応しているはずだが、今朝は虫のいどころでも悪いのか、若い娘がバッグを胸の前に抱えながら「キイーッ」と前に立っている男を睨んでいる。込み合う地下鉄の中で肩と胸がぶつかったためか、

「おれのせいじゃない」

と知らん顔の親父を睨み返しているこの娘の目が、

「自分のイメージに合わないものはすべて別世界の生き物よ」

と言わんばかりの目で睨んでいる。ここではこのような光景が毎朝繰り広げられているようだ。この東京の地下鉄は網の目のように張り巡らされているが、毎日いろいろな光景

が繰り広げられているのだろう。

なにせこの巨大な地下鉄は、一日の走行距離が営団地下鉄だけでもなんと六〇万キロを超え、一五〇を超える駅があって五六〇万人以上が利用している。

最も利用客が多いのが地下鉄丸の内線池袋駅のおおよそ四七万人である。なんとも驚きの数字である。

この地下鉄の利用者が一日一五〇円使ったとしたら、なんと八億五千万円近いお金が毎日動くことになる。なんとすごいエネルギーなのだろうか。この見えない土の下でゴーゴーとうごめいている。

今日も行われている朝の通勤時間帯で、車内の様子がいろいろな顔の表情で垣間見られる。

朝の化粧

毎朝の化粧は、その時の気分次第で思い通りのイメージになったり、そうでなかったりしてしまう。その結果、朝の忙しい一時の化粧時間も変わってくる。

ちっとすまして吊革につかまっているこの女性のメイクはいつもと変わらないのだろうか、車内の明かりではそんなに濃い化粧をしているようには見えないが、込み合う地下鉄の車内でも、自分の周りに見えない壁でもあるかのように自分一人のスペースを保っている。

どうやら、今日も心が時めくような出来事はないように感じられるが。

「朝の化粧」は心の変化を隠し、他人に自分の気持ちが伝わらないようにする働きがある。嬉しいときや心がうきうきしているときは、肌の輝きが変わってくる。ホルモンの働きが活発になり、肌の保湿成分が整えられ、しっとりとした艶のある肌に蘇るためであり、化

粧をしなくとも、

「きれいになったね、何か良いことでもあったの？」

と言われることがある。

逆に気分が沈んでいるときは見るからに肌の輝きを失ってしまい、少し濃いめの化粧が必要になって自分の表情を覆い隠そうとする。また、自分をより美しく見せようと時間とお金をかけて念入りに化粧をすることがある。これも心の表現を化粧を通して実力以上のものにしようということであるが、これは化粧というマジックに頼っている間だけの自分であって、

「化粧が崩れていないだろうか」

と本物の美人にはなれない自分の心の中で、

「素顔の自分を見られたくないの」

と正直に思ってしまう。

このように心の表情の変化を今朝も覆い隠しているのであろうか、

「私は今日もいつもと同じよ」

と、この女性は訴えているようである。

ちょうど東西線乗り換えの茅場町駅を過ぎた当たりで、比較的年寄りと思われるご婦人が吊革につかまって立っている。「どうぞ」と自分の席を譲るには、顔の表情が少し若く見える。

肌の輝きが年齢を変えているのかもしれない。

「何か良いことでもあるのかな」

と思いたくなる。

そのご婦人の前の席で、男が朝から目をつむっている。眠っているようだ。昨夜は最終電車での帰宅かもしれない。感心するのはどんなに遅くとも、次の朝は定時の電車に乗っていることだ。

「どんなに遅くまで飲んでも、遅刻は絶対にするな。これがサラリーマンの鉄則だ」

最近の世代には死語なのかもしれないが、小父さんの世代には体に染みついている言葉なのである。今夜も身体を酷使しての付き合いが待っているのかもしれない、静かに寝かせてあげたいが、

「よけいなお世話」

と言われるかもしれないし、男の顔の表情がよく分からない。もちろん化粧はしていな

いようだ。

サラリーマン風の二人が、大きな旅行カバンを抱えて乗っている。込み合っている車内で、どうやら昨日の客先での話し合いの続きをしているようだ。

「思ったより時間が掛かりそうですね」

若いほうのサラリーマンが、上司と思われるもう一方のサラリーマンに話しかけている。

「そりゃあ、このご時世だからね……願わくばかかわりたくないね」

と、なんで自分がこんな仕事をしなければならないのか不満気な顔で言い、若いほうのサラリーマンが、

「やっぱりみんな自分が可愛いいんでしょうね」

と、上司に同情しているふうに話している。

あまり前向きの話し合いの様子ではないようだ。たとえ自分が、これは間違っていると思っても、自分たちの置かれた立場やこれからの出世を考えると、つい自分の考えを捨てて相手の意見に相槌を打ってしまう。決して満足をしているわけではないのだが、「しよ

うがないな」と自分自信に妥協をしてしまう。

込み合う車内では、そろそろ脇の下が汗ばみそうな体感温度だが、まだ冷房には早そうである。

突然、

「本日も地下鉄をご利用いただきまして有り難うございます。車内が大変込み合っておりますが、今しばらくのご辛抱をお願いいたします。また携帯電話のご使用は周りのお客様にご迷惑になりますので、ご利用をお控え下さい」

とアナウンスが流れた。

「誰がこんなに込んでいる車内で携帯電話を使うか。何を考えているのか、それでなくとも込み合ってイライラしているのに状況を分かってないな」

と言いたい。

それと似たようなサラリーマンの会話だ。この二人のサラリーマンの表情は、どうやら「面倒なことにはかかわりたくない」と言いたげな表情だ。都会人に多い心を偽る化粧をしているように見える。

都会の地下鉄は東西南北縦横に走っているが、利用者は乗車時間の計算を素早くやってしまう。目的地までの駅数を数え、駅間を二分として計算するのだ。乗り換えを含めても実際の所要時間が成り立つ。いかに緻密に電車の運行管理が行われているか敬服に値する。

今朝もそれぞれの人が今日一日のことを考え、また何に出くわすか分からない期待と恐怖を秘めながら一日が始まろうとしている。

いろいろな心の表情を隠しながら、いつもの決まった移動空間に身を置いている。

地下鉄はいつもの表情で正確に動いている。

一瞬の静寂

通勤時間帯にしては珍しく「単車」がけたたましくマフラー音を唸らせ、通り過ぎようとしている。「単車」はギヤチェンジごとにアクセルを離す、そのわずかな間に静寂が起こる。その時「ブッ」と別な角度から音がした。

マフラーの音に比べるとごく小さな音ではあったが、その音色の変化に通行人は反応したのだ。

周りが自分を見つめている。

「しまった」

と思ったが、

「あのライダーがこの瞬間にギヤチェンジをするとはな、まったくついてない」

うるさいマフラーの音に頭に来て、これ幸いにとマフラーの音に紛らわしておならをしたのだ。しかしこの時事件が起こってしまった。

日差しの暑い中でもネクタイをきちんと締め、いつも上着を着て紳士を気取っている自分にとっては、誰が見ても言い訳が通用しないといった状態にあったため、首筋を流れる汗がいつの間にか冷や汗に変わったことに気づいたのは、会社のエレベーターに乗り込んだ後のことであった。

いつもは騒音に紛れておならをしても、誰も気がつかないで済んでいるのに、「なんで今日は」と恥ずかしさを堪えて悔やんだ。

こういう場合どうしたものか、やってしまったことは仕方がない、と堂々とした態度をとることがかえって恥ずかしさをうち消すものらしい。人生のキャリアを積んだ大人の行動らしいが。

そういえばうちの女房は、俺の前でも平気な顔でおならをするな、これは安心しきっている証拠なのか。「出るものはしようがないのだ」と開き直っているためなのだろうか。

今朝もいつもと同じ地下鉄の前から二輌目のドアのガラスに、自分の顔の表情を映しながら、昨日の出来事をふと思い出し、

「昨日はまいったなあ」と苦笑いをしてしまった。

思えば嫌な予感はあったのだ。地下鉄に乗ろうとしていつもの自動改札機に定期券を挿入したのに、突然目の前の小さなドアが閉じてしまった。赤いランプが点滅し、後から続いて乗り込もうとしてきた人たちが、一斉に自分の顔を見ながら、

「俺はいつも一番左側の自動改札機を通るのにまったく面倒だなぁー」

といった表情を顔に浮かべながら、隣の自動改札機に移っていった。

結局定期券には何も問題はなく、単なる機械の詰まりであった。

「今日はついてない日だなぁ」と心の中で呟いていたのだ。

まさかその続きが起こるとは全く最悪の日だったんだなぁと、ガラスに映る自分の顔を見ながら思うのであった。

謝り

「なんで俺がこんなことまでしなくてはならないのか」と、定年に近づいた風の男性がまた昨日のことを思い出していた。

電話の応対に困った表情の女子社員が、

「すいません、この電話替わっていただけませんか」

と電話を保留にしたまま自分に回してきたのである。

保留の赤く点灯している2番のボタンを押すと、突然、

「いったい、お宅の会社の教育はどうなってんの？　こっちは一応下手に話をしているの

に、お宅の電話に出た人の態度はなによ！『当社はもう関係ありませんよ、NTTに言って下さい』とはどんな言いぐさかね。お客様に対する応対に誠意がないよ、お宅の会社は。こっちはお宅が使っていた電話番号をもらって、間違い電話で毎日迷惑しているんだよ。ちゃんとお宅の取引先に電話番号の変更連絡をしているの」

とまくしたてた女性の言葉に、

「そうでしたか。状況も充分におうかがいせず、大変ご迷惑をおかけいたしました」

と一応の謝りの言葉を伝え、

「すみませんが社内の手続きを行いますので、初めからもう一度状況を確認させて下さい」

と言ってしまった。すると、

「もういい加減にしてよ、何度も何度も同じことを説明させるのは。さっぱり埒《らち》があかないじゃないの。もっと話の分かる人に替わってよ。あんた偉い人なの」

と罵声が続く。応対に困って、

「大変申し訳ありません。お客様の連絡先をお教え下さい」

と言って話し合いに行くことにしたのだ。

やっとの思いで相手の住所を聞くことができたが、電話を回した女子社員も表情を曇らせ、

「ちっと嫌がらせみたいですよね」

と頭に来たのか、怒鳴られた相手の悪口を言った。

混雑するデパ地下の菓子売場から羊羹を買い求め、電話で聞いた住所へ謝りに赴いて、

「ご忠告有り難うございました、今後充分に注意いたします」

と謝り、ご機嫌を損ねないよう自分の気持ちを抑え、

「早く時間が過ぎてくれ」

と心の中で思いながら、その場を取り繕ってきたものであった。

電車の中で考えてみると、

「やっぱり、うちではちゃんとNTTに番号を返却したのだから手続きには問題がないよなあ。番号の変更案内も届けてあるし、なんでこういう結果になってしまったんだろうか」

と考え込んでいた。

定年に近いこの男性は、

「自分が頭を下げれば済むんだ」と、なかばやけ気味に納得しているようだが、表情は、「定年後はなにしようかな」と冴えない。

電車は八丁堀駅を過ぎたあたりからだいぶ車内が空いてきたようだ。小学生と思われる子供たちが、我先に空いている席を目指して走り込んでいる。

「今から電車通学して大人になって、後何十年このような繰り返しをするのだろうか」とふと考え込んでしまった。

血筋

「あーあ、どうしようかなー」と、顔の前に下がっている一本の吊革を、両手を揃えて握っている、というよりぶら下がっているといった感じで、じっと目の前の窓に集中しているが、自分の姿は目には映っていないようだ。地下鉄の場合、鏡の役目を果たす窓に自分の立っている姿が映るはずなのに、我に返ることもないように、ただ、「どうしようかなー」とため息を続けているのである。

普通、女性は両手で吊革を持つことはあまりないようである。ハンドバッグを持っているためか、両手ぶら下がりは見栄《みば》えが悪いのか、小父さんの仲間に見られるのが嫌なのか。女性は細腕一本で込み合う電車に耐えるのである。それでもこの女性は周りを気にせず両手つかまりをしている。

結《ゆ》いは短大を出た入社三年目のOLである。コンピュータやファックス、プリンター等の事務機器を製造販売する会社に勤めている。性格は明るく積極的で、母親との二人暮らしで育った割には影の見えるところもなく、面接のときも、

「私の家庭は片親なんですが、採用条件には不利なんでしょうか」

と逆に質問するくらいの積極性が見られ、面接する側にかえって好印象を与えたほどだった。仕事仲間の女性の間でも、ハッキリものを言うところが受けて、付き合いは広いほうである。

年齢が若い割にはお年寄りの相手も比較的上手で、近寄りがたい最近の若い娘たちとは

違って、中年の小父さんたちにも気軽に話しかけられる可愛い娘と映っているようである。

その結いが妊娠をしたのである。相手は社内の同期生の一人である。

同期入社十人の中で、結いを含めた瞳《ひとみ》と美也子《みやこ》の三人の女性を除く七人の男子新入社員の中から結いが選んだ相手は、群馬県で農業を営む三人姉弟の長男であった。

結いは入社してまもなくの新入社員研修の中で、自分はキャリアウーマンになり、他人よりも早く出世して母親に楽をさせたいと考えていた。

もちろん男が嫌いなわけではなく、仕事を優先に考えていたのである。

新宿のオフィス街に勤める若い娘にしては、身なりは比較的地味なほうで、携帯電話にしても自分で働いた給料を数カ月間貯めてやっと購入したほどで、恵まれすぎている最近の娘たちとはひと味違っていた。

このあたりが小父さんたちが可愛い娘と感じるところなのかもしれない。しかしながら周りの煌《きら》びやかな娘たちとも付き合いができるところが結いの性格なのか、母親の躾《しつけ》のなせるものなのかは分からないが。

結いは日本人には珍しいヒップアップのスタイルのいい娘であった。身長も一六五センチと最近のスラッと背の高い娘の中でも目立つほどで、全体としては造形的な美人ではないが、明るい性格とスタイルからくる独特の雰囲気を醸《かも》し出す爽やかな娘であった。

込み合ってきた車内で高校生らしい男女数名が、周りの目を全く気にせず話し込んでいる。

「今日の司会者は誰なのよ。君たちがやらないからいつも私たちがやらされているのよ、もっとしっかりやってよ。あんたリーダーやってんだろー」

「みんなで話し合って順番が決まってるんだから、なんでさぼるんだよ、まったくっ」

と、めがねをかけている男子生徒に向かって話している。

「ぼくはみんなに順番なんだからって話をしているんだけど、言うことを聞いてくれないんだよ」

と、うつむき加減に言い返しているが最後の言葉が小さくなっている。他の男子生徒も視線をよそにそらして、「関係ねえ」といったふうな顔をしている。すると、

「今日はあんたがやりなよ。授業中にでも進め方を考えたら？　分かったの」

と一方的に結論づけてしまった。

「でも……」

と、めがねの男子生徒は言ったきり口を噤んでしまった。この光景をめがねの男子生徒の母親が見ていたら、

「ちょっとあんた、なんでうちの子だけを責めるのよ。みんなの責任でしょ、他の子にも言いなさいよ」と、反撃の言葉が聞こえそうである。

まったく最近の男の子は見るからに闘争心がない。ピアスをしたり、眉を剃ったりは一生懸命するけれど、自分の主張や行動を進んでやらない子が多くなったと感じる。

少子化の今日、母親は夫よりますます子供に集中する。

「我が子が命のすべて」、とばかりに何から何まで世話を焼き、手を出す。

特に男の子に対してはペットと勘違いしているくらいに可愛がる。

そんな環境で育つペット坊やは、何も考えないし何もしようとしない。

しなくとも母親がやってくれる。

母親はただ、

「いい学校に進学しなさい、何もしなくていいから勉強しなさい」

とだけしつこく言う。

これだからペット坊やは、闘争心も湧いてこないし、女を見ただけで反射的にイエスマンになってしまう。小さいときからそのようにインプットされているから、反論や抵抗ができない子供になってしまっているのだ。

悩みの相手の知久《ともひさ》は、二人の姉に小さいときから可愛がられて育った末っ子の長男であったため、性格的にはおとなしく、一七〇センチ七〇キロの体型とは違ったひ弱な性格の持ち主であった。正にペット坊やにふさわしい男の子と言ってよかった。

新入社員研修を受けている一〇人の中で、結いは決して知久を意識したわけではなかった。むしろまったくと言っていいくらい知久の存在は感じなかった。三人の女の子たちの話の中でも、ペット坊やの知久には男としての話題はまったくと言っていいほどなかった。

結いが知久と初めて会話をしたのは、新入社員研修の中で、ペアで会社訪問をさせられたときであった。一〇人がそれぞれペアになって五組がそれぞれの企画を立てて、地方の会社を無作為に訪問をして、度胸試しを目的に自己紹介とアンケートを行う作業のときであった。

与えられた事務機器に関するアンケート用紙と名刺を持って、会社を訪問し、人事を担当している人に自己紹介をしながら相手の名刺を一〇枚以上貰ってくるもので、一〇枚以上集まらなければ事務所には戻れないことになっていた。

結いは直ぐに企画にとりかかった。あみだくじで知久とのペアが決まったとき、結いは組みやすい相手と直感した。

早速、研修室のテーブルを打ち合わせ用に並べ換えて、知久と行動計画案作りにとりかかった。地方の都市の選定と時間を計算するために、結いは路線・運賃検索ソフトを立ち上げ、パソコンに駅名を入力した。

「僕は前橋市内なら強いんだけど」

知久が最初に結いに話をした言葉だった。

「少し時間がかかりすぎるんじゃない。新幹線は経費も馬鹿にならないし」

と結いは否定語を知久に返した。

「そうかなぁー、新幹線代なんてどうせ会社が負担するんだろう。かまわないよ」

「ダメよ。時間とお金をかけないことも教育の一環として判断されるんだから」

「へぇー、お姉ちゃんみたいなこと言うなぁー」

「さあ、これから出発して、夕方五時までに戻るには新宿から精々一五キロ圏内ね。それと一気に回るためには、企業が集中して入居しているビルがベスト。しかも大企業はダメね。相手にしてくれないから」

「さすがだね。俺感心しちゃったよ、佐藤さんのこと」

こんな会話が二人の最初の会話であった。

アンケート調査に出発したのは、五組のペアでは結い・知久組が一番早く、午前一〇時を少し回った時間であった。

他のペアは場所決めから始まり、

「ディズニーシーの近辺に行ってみない」とか、「新宿高層ビルにはたくさんの会社があるから早いんじゃない」とか、「お昼時間はどうするの」とか、議論はしているが行動に移る気配は感じられない。

結いが選んだ場所は、さいたま市の大宮駅周辺だった。新宿から埼京線で乗り換えなしで直行できるし、比較的地元企業の本社が集中していることがポイントであった。知久はすべての行動で結いの後をついて回っていた。

大宮駅西口を出たところで最初に目についた会社は銀行だった。しかし結いは、「銀行はダメね」

と言って不動産会社の看板のかかった企業へ迷いもなく進んでいった。ガラスの厚い扉を押しながら、入口に近いカウンターの内側にいる受付風の女子事務員に向かって、先に結いが話しかけた。

「お忙しいところ大変申し訳ありません。私たちこの四月に入社したばかりの新入社員の、佐藤と」

と言って、隣にいる知久に肘で合図した。

知久はあわてながら、

「天野です」と言った。

「本日はお手間をとらせて恐縮ですが、社会勉強のため会社訪問をさせていただいております。大変恐縮ではありますが、人事を担当されている方のご紹介をお願いいたします」

一気にここまで結いは言い切った。

思ったより声が大きかったのか、カウンターの中から一斉に注視している多くの視線を強く感じて、頭の中がスーッと引いていく感じに陥った。その時、受付にいた女子社員が、緊張している二人を見つめて笑顔で、

「分かりました。でもちょっと忙しいのでここでお待ち下さい」

と窓側にあるテーブル席に二人を案内してくれた。

結いは入口に近い席に立ったまま店内の様子を窺っていたが、知久が結いと反対側の椅子に座ろうとしたので、

「そっちはダメ、私のとなりに立ちなさい」

と低い声で、子供に言い聞かせる感じで知久に命令していた。

しばらくして、きちんと背広を着た中年の紳士が名刺を持って二人の前へ現れた。

「二人ともご苦労だね」

と言って名刺を知久の前へ差し出した。

あわてて知久が受け取ろうとしたので、

「お忙しいところ大変恐縮です。新入社員の佐藤結いです」

と言って自分の名刺を差し出し、相手の名刺を結いが先に受け取った。知久も自分の名刺を相手に自分の名前が見えるように持ち替えて、

「天野ですよろしくお願いします」

と言って名刺を差し出した。

「どうぞお掛け下さい」

人事担当の岩崎は二人に椅子を勧めた。

一通りのアンケート質問が終わって、

「貴重なお時間を私たちのためにいただきまして大変有り難うございました」

と言って深くお辞儀をした。

「何かお役に立ちましたでしょうか。まだ会社訪問が続くのですか」

と緊張が解ける言葉をいただき、「ほっ」としながら結いは、

「本当に私どものお相手をしていただけるのか大変不安でしたが、岩崎部長様に温かい応対をしていただきまして自信がつきました。本当に有り難うございました」

と本心からの気持ちが言葉となって自然に表れたので、最初の会社訪問を安堵しながら退社することができた。

知久も一緒に頭を下げ、入口のドアの前であらためて二人揃ってお礼を述べ、エレベーターホールに向かった。

エレベーターの中で結いは、「失敗をしてはいけない」と自分中心に進めてしまった会社訪問になってしまったが、果たして私たち二人はどのように見られたのかが心配になっ

ていた。

訪問した企業はさまざまな業種にまたがり、応対にもさまざまな違いがあり、企業の体質の違いがこんなにも現れてくるものだろうかと、結いは感じざるを得なかった。

知久も同じような印象を受けたと話し、

「自分たちの会社はどう見られているのかなぁー」

とつぶやいた。結いは、知久が思ったよりまともな感受性の持ち主なんだと思った。

「お宅の会社は、うちとは系列がライバルだからあまり協力できないなぁー」

とはっきり言われた会社もあり、また、

「まだそんなことをやっている会社もあるのか、今は忙しいから他の会社へ行ってくれ」

と、けんもほろろに断られた会社もあったり、社会の仕組みが複雑なんだと感じながら、新宿の事務所に予定時間より一時間早く引き上げた二人であったが、この時の相手、知久が悩みの種になろうとは、結いはまったく考えていなかった。

檜枝岐村

結いの母友美は、新潟県との県境に近い雪深い福島県南会津郡檜枝岐村の出身であった。

この檜枝岐村は、今では日光国立公園「尾瀬」の入口として、さらには紅葉の美しさが並はずれていることでも知られ、多くの人が訪れる観光地として知られている。

中心地にはたくさんの土産物屋や民宿旅館、日帰り入浴場などが立ち並んでいるが、その昔、冷害に悩まされ凶作との戦いに明け暮れた時代もあった。

凶作ともなれば餓死者も出、将来の働き手としての赤ん坊を「間引き」するという悲惨な行為が行われた時代もあり、この悲しい出来事を物語る証として、「童顔の石仏」が路傍に祭られている。

冬は今でも二階の窓から出入りするくらいの豪雪地帯で、母友美の家でも、半年間は出稼ぎでいない世帯主の代わりになって、年寄りと女手による雪との戦いの日々であった。

覆い尽くす積雪は空気の乾燥を防ぎ、ものを漂白する作用があると言われていることから、日照時間が少ないこの地では、結果的に直射日光に当たる時間が短かいため、ほとんどの女は、俗に言う色白でしっとりとした肌の持ち主が多かった。

母友美もこの檜枝岐で一、二を争う、きめ細かなもち肌の美人であったが、幼い頃から一家の働き手として、出稼ぎの父親の分まで一生懸命に働かされていた。

高冷地のため、農作物の栽培に適した農地はほとんどなく、川沿いのわずかな平坦地を耕し、粟・そばを中心とした作物を栽培し、野菜、いも類、カボチャなどを混ぜ合わせたものを主食とする食生活であった。

米については、嫁を迎える家で白米ご飯に面取り大根、鯨肉の煮物が出されるのが最高のご馳走で、それ以外に白い米粒を見かけることはほとんどなかった。

中学卒業と同時に母友美はこの地を後にした。自立心の強かった友美は、自分の力で一日も早く生活がしたかったことと、この貧しい山村からの脱出を考えての決心であった。

まったく身寄りのない東京へ出るには、学校へ就職を依頼する以外に方法はなかった。

家族の、特に父親には反対されたが、

「働いて生活費を少しでも送るから」

と言った友美の一言が家族の了解を得ることになった。

昭和四三年のまだ雪深い三月末のことであった。雪道をバスに揺られて一時間半、さらに会津高原駅から電車に乗ること四時間。やっとの思いで初めて見る都会の街、浅草に着いたのである。

小さい頃から働くことには何の抵抗も感じない友美は、学校から紹介された浅草仲店にほぼ近い、天ぷらが自慢の老舗レストランでウエイトレスの仕事を選んだ。

仕事には何のこだわりも感じなく、ただ檜枝岐村から出られることだけを考えて、学校からの紹介を二つ返事で承諾したのであった。

中学を卒業したばかりのまだ一五歳の少女は、都会の街浅草の人出の多いことにまず驚いた。

それもそのはず、自分の家族以外の村人を見ること自体、日に一度あるか否かの檜枝岐村の人口は、当時八五〇人ほどであり、なんでこんなに人が多いのだろうか、どうやってどのような生活をしているのだろうかと考えてしまった。さらに見たこともない食べ物とその種類の多さにまた驚いてしまった。

そのとき友美は、

「ここで働いていれば食べることの心配と、雪かきの苦労が要らない」

と、とっさに考え、冷たい水での皿洗いも檜枝岐の生活を思えば全く苦労とは考えなかった。


しかし、たくさんの客から注文を聞きとり、それを帳場に伝えることは単純な作業ではあったが、なにしろ言葉の問題が大きくのしかかり、

「いらっしゃいませ、ご注文は何になさいますか」

「どうも有り難うございました」

という言葉づかいに悪戦苦闘を強いられた。


山間の小さな村の出身者にとって言葉の隔たりは、考えてもいなかったまったくのショックな出来事となった。

「いらっしゃいませ」の言葉を紙に書いてお客様の前に差し出すこともできないし、何としてもすべての言葉を覚えなければならなかったのであった。


一番困ったことは発音が違うことである。

さらに東北人特有の「さ・し・す・せ・そ」が言葉通り発音できないことであった。

母は、「おっか」であり、お前は、「にしむ」あなたは、「われー」話しましょうは、「はなすべー」といった具合で、客とは会話にならない言葉づかいであった。

やっとの思いで言葉の障害にも慣れ、約束の生活費を送れるようになったのは十カ月を過ぎたころであった。

一五歳の少女が住み込みの三食付きで貰う賃金はわずかなものではあったが、自分で働いたお金であったことと、一万円札を見たことがない友美にとっては大変な喜びであった。

少しでも、そして一日も早く檜枝岐村の家に送金したいと思っていたが、一万札を見たことも、またどうして送金するのかも知らない友美にとって送金は大変な作業であった。郵便局を教えてもらい、送金の仕方も習って、やっとの思いで一万円を送金したのであった。

また、友美がこの浅草でウエイトレスを始めてから一番嫌いなことは、お正月の前後に貰う休みのことであった。年中忙しく働き休みの少ない仕事の中で、年末年始の休みは働く者にとっては一番の楽しみであったが、友美は檜枝岐村にはどうしても帰りたくなかったのである。

一二月三〇日になると、仕事を早めに終え、身の回りの支度を整えると、従業員は一斉に帰省することになっている。友美も同様に身支度を済ませると浅草駅に向かうのであるが、お店の奥さんから、

「今年もよく働いてくれたね。これを家族の人に持っていってね」

とお土産を渡されるのであった。

その土産を持って友美は浅草駅へ向かうのであるが、電車には乗らなかった。

そして夜遅くなるまで外で時間を潰すのであった。そして、誰もいなくなった店の奥にある使用人が寝泊まりする部屋へ、そっと明かりもつけずに進入するのであった。

年末年始の五日の間、冷え切った部屋の中で布団に潜り込んでジッとしていることは、気丈な友美にとっても大変な精神力が必要であった。お店の奥さんに貰った土産を少しずつ食べながら、水だけで飢えを凌いだ。

もちろん外に出てもすべてのお店が休んでおり、食べ物を買ったり食べたりができるわけがなかった。

またある年は、みんなに別れを告げ、一応浅草駅から檜枝岐村へ帰る電車には乗ったが、途中の北千住駅で降りて一〇キロ近い道のりを歩いて店まで戻ったこともあった。

最初からふる里へ帰ろうとは思っていなかったのである。深夜に浅草のお店までたどり着ける距離を計算して、しかも電車賃の比較的安く済む距離を選んで見せかけの帰省を実行したのであった。

母友美がこれほどまでに檜枝岐村に帰ることを拒んだのは、貧しさへの帰着を望まないこともあったが、継母のとめのに会いたくなかったことが大きな理由であった。

小さいときから友美は、何かと継母とめのに小言を言われ、さらにとめのの実子で三つ違いの妹まさ子との差別扱いに小さな心を痛め続けていたのであった。

友美という名前は実母ともが付けてくれたものであったが、継母のとめのは色白でもち肌の美しい友美に、

「お前は名前負けしている、心がひねくれているよ。全く可愛いげがないね」

と言い、決して実の娘まさ子の姉としての扱いをすることはなかった。

父親が出稼ぎに出ている冬場は、特に継母とめのの嫌がらせが多く、

「折角もらった年末年始の休みでも絶対に帰りたくない」

と思う友美の気持ちが、五日間じっと耐え得る精神力を作りだしたのであった。

扉

母友美が言葉の課題も克服して店の中でも元気よく動き回り、毎日のお客様の接客に中心的に働きだし、お店の主人や帳場の職人からも信頼されるようになったのは一八を過ぎた頃であった。

やっと都会の雰囲気にも慣れ、化粧はほとんどしなかったが、持って生まれた肌の綺麗さと、やっと女らしくなってきた体型が、周りの人たちの目を引くようになり始めた。少女の身体が少しずつ女になり始めた頃特有のフェロモンを出し、雄たちの気を引く神秘的な雰囲気が充満し始めていた。

この間に身長も伸び、大人の体型が整ってきた。特に友美が注目を集めたのが脚線美であった。肌が白い上にすらっとのびた足の足首が形好く締まっているのである。後ろから見ると、膝にくびれのないまっすぐに伸びた足に、今にも折れそうな足首がサラブレッドのように締まっていたのである。

小さい頃からとにかく身体を動かし続けた結果が、このように美しい脚線美を育て上げたものと考えられた。しかし自ら男を意識することはまだなかった。

仕事のおもしろさと自由に行動できることが友美にとっては最高の喜びであり、幸せを身体で感じることができることで、他のことへの関心が湧いてこないのであった。

友美は二〇歳を迎えたとき、初めて自分の生い立ちについて店の奥さんに話をした。

「どうして檜枝岐村に帰りたがらないの」

と成人の日を一週間後に控えた、正月気分が抜けきらないときに、店の奥さんから聞かれたことが始まりとなった。

「最初は分からなかったのよ。そのうち知らせてくれる人がいてね、私も分かったんだけど」

と奥さんから言われ、

「申し訳ありません」

と即座に謝ってしまった。

「あまり自分の親のことや姉妹のことをしゃべりたがらないので、もしかしたら、と気にはとめていたのよ」

と言われ、一生懸命になって仕事をしてくれているので、あまり干渉してはいけないのでは、と主人とも話し合っていたのだとも付け加えられた。

「正直に話してくれれば、休みの間も部屋に住めるようにして上げたのに」

と奥さんは言ってくれたが、

「そこまでしていただいては、自分のわがままが皆さんにご迷惑をかけることになり、できませんでした」

と友美は言った。

そんな会話の中で、自分の生い立ちや継母のことについて、初めてうち明けることになり、その話を聞いた奥さんもあまりにも悲しい生い立ちに、ただただ涙が流れるだけであった。そして、

「成人のお祝いはここでやりなさい」

と着物と記念写真の手配をしてくれたのだった。

けっして高価な着物ではなかったが、初めて着る着物に感動という初めての喜びが全身を血液となって流れ、今までに何事にも動じることなく頑なに閉じていた感動という扉が、

感謝となって初めて心開いたのだった。この感謝の気持ちを決して忘れてはならないと強く噛みしめたのであった。

出産

母友美が一人娘の結いを産んだのは昭和五五年、二七歳のときであった。自分は継母に育てられたことが何よりも嫌なことで、「何が何でもこの子は自分の手で立派に育てたい」と固く心に誓ったのであった。

友美が二四歳になったとき、店の主人の勧めもあってお見合いをすることになった。相手は五つ年上の地方出身の大工職人であった。そのお見合いで大工の満夫は、飾り気がなく色の白い透き通るような友美に一目惚れして、二つ返事で結婚を承諾したのであった。

夫となった満夫は無口で真面目な大工職人であったが、仕事が不定期なため収入は安定しなかった。それでも友美は何とか夫に喜ばれる妻になり、明るい家庭を作ろうと、東武線浅草駅から少し南に下がった駒形橋を渡った東駒形二丁目に、六畳と四畳半二間の小さな家庭を一生懸命に守り続けた。

「私はどんなことにも耐えられる。私が我慢をすれば夫は喜んでくれるだろう」

当時の友美はそう考えて、夫満夫のどんな要求にも応えられるように、常に隙を見せない仕草を心がけた。

お世話になったレストランの仕事も辞め、朝、夫が目を覚ます前には朝食の支度ができているし、仕事から帰ってくると必ず玄関にひざまずいて迎え、夫が寝てからも明日の準備や夫の用意などで夜遅くまで家事をしていた。

結婚を勧めてくれたお店の主人や奥さんも、評判を聞いて、

「よくやっているなぁー」

と関心しながら、いい人を紹介してよかったと安堵していた。

新婚と言われる月日が経つにつれて、満夫はいつもいつも自分に誠心誠意尽くす友美を、いつしか重荷に感じるようになってきた。

「いつもいつも自分の周りにいて、監視されているようで気の休まる気がしない」

さらに、「自分の稼ぎで本当にやっていけるのかどうか」

と心配に思うようにもなっていた。

もちろん友美が家計のやりくりについて夫の満夫に相談することはなかった。

「今夜はあなたの好物の鰹のたたきを用意しておきますからね」

と出がけに、ドアを自分で開け、満夫を見送りながら嬉しそうに下向き加減に話すのであった。

帰りが遅くとも友美が夫に文句を言うことはなかった。

「いつも遅くまでご苦労さまですね」

と座る姿勢を崩さず挨拶するのである。

年が明けて正月休みのある日、夫がお世話になっている棟梁の家で新しい年のお祝い事が行われるということで、満夫は出かけていった。少し北風が冷たく感じる駒形橋を渡って、初詣の賑わいを見せている仲店を正面に見ながら浅草駅へ向かっていった。

「おや今日は一人かい、奥さんは具合でも悪いんかい」

と一人で来た満夫に向かって棟梁が言った。

「どうやら子供でもできちまいやがったみたいで」

と頭を掻きながら満夫が言い訳まがいに言った。

「それはお目出てぇーことだが、来られねぇーのは残念だなー」

と、色白の美しい友美を見られないことを残念がった様子で棟梁は言ったのであった。

すっかりいい気分で酔いつぶれてしまって、家に戻ったのが午前二時。いつもはあまり口数の多くない満夫が、酒の勢いで、

「棟梁の奥さんは愉快な人だ。座持ちがいいっていうか、こんな時間まですっかり話し込んでしまった」

と、タクシー代の支払いを友美にまかせ、玄関の入口にどかりと座り込んで独り言のように言った。そして、

「誰にも気兼ねなく楽しかったなぁー」

と口を滑らしてしまったのだ。一瞬友美は、「えっ」と思ったが、酔いつぶれている満夫を寝かせなければと、

「さあ、ここでは風邪を引きますよ」

と布団までやっとの思いで運ぶのであった。

「自分はお酒も飲めないし、人前でろくに話もできないし、かえって邪魔になるだけ」と思い込んでいる友美であったので、夫が自分を避けたのかもしれないと思ったが、さほどの怒りも感じることはなかった。もちろん友美に子供ができたなどと言ったのは、満夫の勝手な言い訳であった。

満夫が家を空けるようになったのは、仕事のためだけではなく、外で酒を飲むことが多くなったことと、女遊びを覚えるようになったためであった。仕事のない日でも家にいることはなく、朝から外出してしまうのである。たまに家に帰ってきても、

「食事はいらない」

と寝るだけであった。

このような生活が始まったのは結婚して二年目に入ってからであった。

「子供もできない、家にいても気が休まることがない」

と言うのが、満夫の外での口ぐせになっていた。

友美が何とかして夫を楽しませようと部屋の模様替えや、夫が以前欲しがっていたステレオを買ったり、花を飾ったり、雰囲気を変えるための薄化粧を施してみたりと、考えに考え努力をしてみたが、気を遣えば遣うほど満夫は離れていった。

気丈な友美はこのことを誰にも相談することなく、「そのうちきっと夫は戻ってくる」と思い、ひたすら平静を装うのであった。

もともと化粧をしない友美ではあったが、次第に表情が閉ざされていた昔の生活に戻されていくような状態に陥っていった。


電車が大きく揺れて、吊革の男性の腕が真っ直ぐに伸びてぶるぶると痙攣しながら後ろからの圧力に耐えている。

間に挟まっている小柄な男性や女性は成り行きにまかせるだけで、腕が痙攣して耐えている男性のことは気にしない。「身体が大きいのだから、こういうときにこそ頼りになりなさいよ」と勝手に思うのである。電車はまた右に左に揺れながら次の駅に向かうのである。


友美はどうやら妊娠したようだ。誰にも相談せずに産婦人科で検診をした結果、

「おめでとうございます、三カ月ですよ」

と担当の医者に言われ、「やっぱり」と心の中で叫んでしまった。家に着くまでの道す

がら、

「生むのはまずい」

「でもせっかくできた子供だし」

「どうしようかなぁー」

といろいろ考えながら帰った。

生活費が入らないため、友美は働いていたのであった。

夫の満夫はその後まったく家には帰ってこなくなっていた。わずかな自分の蓄えも底をつき、働かざるを得なくなったのだ。

いつかは満夫から連絡があるだろうと思って借りていた家はそのままに、自分一人の生活を続けていたのであった。

今はハローワークと名称が変わったが、当時は職業安定所と呼ばれていた所に行って、友美は仕事を探したのであった。職種と勤務場所を選ばなければ、当時はそれほどの就職難ではなかった。

「希望の金額を求めるんであれば、多少むずかしいけど」

と言われて紹介されたのが生命保険の外交員であった。

全く知り合いのない地域で外交をすることは大変な重労働であった。浅草から地下鉄で一駅の田原町にその保険会社の支店があった。三カ月が過ぎてもまったく契約が取れず、ただもがいている友美を見て、上司の塚原は、

「今度僕の担当している企業に行って、セールスの実戦訓練をしよう」

と話をしてくれた。

「僕の担当する企業の新入社員の何人かをアタックして、何とか契約を取ろう」

と、最近、本格的に化粧を始めた友美に言ってくれた。

ひとりぼっちになった生活の中で、毎日、友美は二十六歳の年齢を感じていたのであった。

化粧は夫に逃げられたことやまったく契約が取れないことなどの、心の動揺を何とか隠そうとするためのもので、次第に厚めの化粧になっていた。

外交員の上司であった塚原から仕事の要領を実戦で教えてもらい、新入社員をターゲットに進めた結果、初めての契約が取れたのであった。そして塚原は、自分が担当していた企業を友美に譲ってくれ、友美は順調に成績を伸ばすことができるようになった。

ある日の晩、契約のお祝いの食事会が行われ、お酒の飲めない友美だったが、契約が取れた喜びの気持ちも加わって無理してお酒を口にしてしまった。上司の塚原と二次会まで付き合って家に帰ってきたときは、まったく記憶がなくなっていたのであった。

翌朝になって気がついたとき、友美は自分の布団に下半身を裸にして寝ている自分の姿に愕然としたのであった。

妊娠のことで迷いながら家にたどり着くと、滅多に郵便物が届くことのない玄関に、ドアを開けると郵便受けの窓から入れられた友美宛の封筒が落ちていた。裏にはただ下村満夫とだけ書かれていた。

中身は満夫の名前だけが書かれ、印鑑が押してある四つ折りにされた離婚届であった。友美は、一瞬全身の血液が沸騰し燃え上がり、両腕が震えだし、目尻が次第に吊り上がるのを感じながらしばらくその場に立っていた。

何の連絡もなく一言の詫びる文章もなく、ただ一方的に離婚届だけが封筒に押し込められていたのである。

「確かに夫の気持ちを理解しようとする気持ちが間違っていたかもしれない。何でも気兼ねなく話し合うことが少なかったかもしれない。でもすべてあなたのためと思って私は精一杯努力したことなのに……」

と悔しさがこみ上げるのであった。

しばらくして部屋に座り込み、興奮してしまった気持ちを抑える時間がいつしか過ぎていった。

「悔しい、情けない」

との思いが何度も何度もこみ上げてきて、お腹に子供ができてしまったことなどすっかり忘れている状態になっていた。

生い立ち

結いが生まれたのは昭和五五年五月。埼玉県蓮田市に住まいを移し、友美は誰にも相談することなくたった一人で出産したのであった。結いという名前は自分の人生を省みて、

「決して同じ道を歩ませたくない」との思いから、「いろんな人と結び合いができるように」と願っての名前であった。

忍耐力と精神力には誰にも負けない自信があった友美であったが、それは自分の人生の中で必ずしも幸せには役立たなかった、と心の中で強く感じたのであった。

小さいときから結いは厳しく躾けられながら育てられた。

「私一人でも立派に育ててやる」との思いが、常に結いへの教育方針の基本に置かれていた。

そんな結いが中学生になったとき反抗期を迎えた。親子で何度も喧嘩をした。

「なんで私にはお父さんがいないの？」

「なんで私はいつも一人で家にいるの？」

と、よく友美を困らせることを言ったが、その度に友美は、

「結いはお母さんが嫌いなの？　お母さんの生き方に不満でもあるの？　お前のためと思って一生懸命生きてきたのよ。お父さんがいないことは済まないと思うけど、お前に不自由な思いはさせてないつもりよ」

と、ハンディのあることを認めたくはないように話すのであった。そして、どんなに口

喧嘩をして言い争いになっても結いを甘やかすことなどなく、あまり聞き分けがないときには一方的に家から閉め出したり、あるときは思いあまって殴ったりしたこともあった。「父親のいない家庭をなめられたくはない」と、心を鬼にして働きながら二役を演じたのであった。

しかし、あまりにも聞き分けがなく、父親のことを何度も質問するので、ある日、ついに父親について話をしたのであった。

「結いのお父さんは、結いが小さいときにお母さんと別れたのよ。今はどこにいるのかも、生きているのかも分からないの。結いには優しかったんだけど、お母さんには冷たい人だったの。お父さんは外に別の家庭をつくってしまったの。どうしても一緒に住めないことが分かったので、結いを引き取って別れたの」

と、友美は結いの手を取って、自分の心に涙を流しながら初めて話をしたのであった。

こんなことがあって結いは次第に大人の生き方について考えるようになり、

「自分は将来は大学に行きたい、そしてお母さんに楽をさせてあげたい」

と、遠慮しながら話したのであったが、中学を出ただけの友美は、

「お前を絶対大学に行かせるよ。私の夢なの」

と言って、収入の高い歩合給の仕事に変わり、毎日、今まで以上に夜遅くまで働くようになった。

このような母親の姿を見て、結いも次第に母親の気持ちを理解し、アルバイトをしながら大学進学のための勉強を始めるのであった。

あのとき、勤めていたレストランのご主人に見合いを薦められたとき、「もし、素肌の自分を隠して化粧をしていたら、自分の本当の気持ちを覆い隠していたら、満夫は一目惚れをしなかったのではないか。あの満夫との結婚がなかったらこのような人生を送らなかったのではないか」と友美は高校生になった結いをみつめながら思うのであった。

そして、「この子を立派に育てれば誰にも文句は言われない」改めて心に決め、友美は自分の心を化粧で覆い隠すのであった。かつて自分が育った幼い頃の頑なな心に戻るように。

友美は、子供ができたと医者から言われた翌日、満夫から届いた離婚届に判を押し、自ら区役所に届け出た。そして、勤めていた生命保険の外交員も辞め、静かに浅草の地を離れたのであった。

お酒

二週間の新入社員研修が終了したとき簡単な立食パーティーが行われ、結いや知久など一〇名の新入社員が集まった。お互いの性格も分かりだしたせいか、パーティーは最初から華やいだ雰囲気で始まった。

結いがリードするとみんながついてくる感じで話題の中心になった。

「知久、お前たち会社訪問のときどこでお昼食べたんだ」

「どんな話題で食べたんだ」

と仲間から、少しやっかみを含んだ質問をされ、

「楽しかったよ俺、すっかり佐藤さんにお世話になったよ」

と知久は言ったが、まだ結いとか結いちゃんとは言えないでいた。

「すべて研修が目的よ、時間と費用を効率よく使うのが狙いよ」

と、結いがテーブルの反対側から説明を加えた。

「研修の評価もお前たちが一番良かったしな」

とまたやっかみを言われた。

この研修の間に知久は完全に結いに惚れ込んでしまった。

「同じ年とは思えない、お姉ちゃんみたいだ」との思いが、知久のハートを虜にしたのだ。

五月一日付けで新入社員の配属が行われた。知久は出身地の前橋支社に赴任することが決まった。地元に戻れて、自宅からの通勤ができることになったことで知久は喜んだが、結いと離ればなれになることで自分の思いを伝えられないことと、毎日結いの顔を見られないことは何としても辛いことであった。

結いは新宿の事務所で広告宣伝を担当する部署に配属になった。

結いは自分は活動的に動き回れる仕事を好んでいたので、カタログ撮影の出張をしたり、広告会社との打ち合わせで朝から相手の会社に直行したり、

「おーい！　まだ帰らないのか」

と先輩から声がかかると、

「校正がまだですから、お先にどうぞ」

という具合で、夜遅くまで原稿の校正をしたり、若さと行動力を何の抵抗もなく目一杯発揮していた。休日出勤も多く、担当したプロジェクトが終了するまでは仕事一筋の毎日であった。

「今夜は一区切りがついたから、みんなで飯でも食いに行こう」

と部長から声がかかると、

「はーい。ではいつものところを予約しておきます」

と進んで手を挙げる結いであった。

行動力があり性格が前向きなため、職場の先輩や仲間から、「結いちゃん、結いちゃん」と可愛がられ、次第に職場内で必要な存在に育っていくのであった。

この頃の結いは、知久のことはまったく存在すら忘れていたのであった。

毎日忙しく働いている結いの姿を見ていた母友美は、食事も不規則であり、休日もほとんど仕事で家にいない生活を、「若いんだからしようがないか」とは思うものの、ただ結いの身体を心配するのであった。

三〇年前、自分が浅草のレストランで、言葉の問題も克服して楽しく働きだしたことを思い出し、自分と重ね合わせてみるのだった。

仕事が面白くて毎日の生活が自分中心に動いているし、何をしても周りが笑顔で応えてくれる。「人生がこんなに楽しいものだとは思っていなかったし、全然身体が疲れを感じないし眠くならない」と自分がスーパーマンにでもなったような気持ちになったことを思い出していたが、

「結い、おまえ身体大丈夫なの？　最近全然休んでいないみたいだけど」

とつい言ってしまう。すると、

「そんなこと言っていられないのよ、締め切りに追われて時間がないのよ」

と小説家にでもなったような返事で、さっさと出勤していくのであった。

「これでいいんだ、立派な娘に成長してくれたし、人にも好かれているようだ」と自分の生き方とは違っていることに何となく「ホッ」とする友美であった。

結いたちの同期が勤め始めて丸二年過ぎた五月頃、知久は何とか口実をつくって結いに会う機会を考えていたが、なかなかいい名案が浮かんでこなかった。思い切って結いの携帯に電話を入れてみたが、いつも話し中や電源が入っていない状態になっていて、「ただ

いま電話に出られません、もう少し経ってからおかけ直し下さい」というコメントが流れるだけであった。それでもメッセージを入れた。

「久しぶりです佐藤さん、僕知久です、お元気ですか。今度また同期のみんなと会いたいですね。仕事は面白いですか、僕は毎日頑張っています。連絡を待っています」

しかし、幾ら経ってもメッセージの返事は返ってこなかった。

「どうしたのかなぁ、もう俺のこと忘れたのかなぁ」

と呟くだけであった。

そうしているうちに知久は突然、「そうだ。同期会をやろう」と思いついた。携帯に連絡しても返事がないから、知久は葉書を書くことにした。

「結いさん、突然ですが、携帯で連絡がつきませんので葉書を書きました。今度、同期のみんなで集まって、その後のみんなの様子などを話し合いたいと思いますがいかがでしょうか。結いさんに幹事をやっていただけるとみんなが集まってくれると思いますので是非、企画して下さい。お願いします」

知久にしてはなかなか名案を思いついたのであった。

いろいろ企画することが好きな結いに、またリーダー役をお願いするところが今回の知久のヒットであった。

「この忙しいときに突然、知久の奴、困ったもんだ」

と一度は葉書を机の上に放り出したのであったが、頼まれると、「しようがないなぁ、みんなの頑張っている顔も見てみたいし」と、つい葉書を読み直しながら、「いつがいいのかな、遅くなると帰りの時間もあるし」とか、「場所は、お金がないから安くてみんなの駅に近い東京駅周辺かな」とか、「女子は三千円で男子は五千円の会費かな」などと考えてしまっているのである。そうして要点だけをファクス用紙に書いて、群馬文社の知久宛に送信したのであった。

受け取った知久は、

「やった！」

と大声で叫んでしまった。すると、

「おい天野君、契約でも取れたのか」

と先輩から言われたのであったが、

「いえ、すいません。宝くじに当たったようなもので嬉しいのです」

と応えてしまった。

「なに！　宝くじに当たったのか」

「いいえ、当たったような気持ちなんです」

「なーんだ、ややっこしい返事をするなよ」

「お前のそういうところがダメなんだ」

と怒られてしまったが、今の知久にはまったく気にならず、「早速同期の連中に早く連絡しよう」とにたにたしているのであった。


知久が同期の仲間に連絡をする係りで、結いが場所や料理の予約をした。

そして、梅雨入りには少し早い六月の第一週の土曜日に、新橋駅近くの大衆酒場チェーン店に集合することになった。前橋市や熊谷市、長野市からの参加者もあったことから、少し早めの午後三時から始めることにした。久しぶりに集まった一〇名は一人の欠席者もなく、全員が集合したのであった。

丸二年の社会人経験者たちは、やはり入社当時とは少し顔つきが異なり、背広の着こなしが様になってきた感じであった。宴会は二時間飲み放題であったため、ビールを飲むピッチが思ったよりハイペースで進み、酎ハイや水割りも若さに任せてどんどん進んでいった。

結いは母親が全然飲めないのにアルコールが強いのであった。仕事の後の付き合いでも喜んでついて行くほうであり、

「私、こういう付き合い好きなんです。名前が結ぶですから」

と意味の分からないことを言って最後まで付き合うのであった。

あっと言う間に二時間の飲み放題が打ち切られて、みんなは大声で万歳三唱をして別れを惜しんでいたが、結いは、

「また会おうよ。元気で頑張ろうぜ！」

とみんなに気合いを入れているのである。そのとき知久が、

「折角だからもう一軒行かない？　このまま別れるのが惜しいじゃん」

とみんなを誘った。

「まだ明るいしなぁ、そうしようか」

と大樹が言うと、

「賛成！　賛成！」

と女性軍の瞳や美也子まで賛同する声を上げたため、知久が、

「よし、行こうよ、結いちゃんどっか案内して」

と、酔いに任せて結いちゃん呼ばわりをした。

当の結いは、

「またこいつ余計なことを言いやがって」

と舌打ちするのであったが、みんなの酔いの勢いもあって、

「分かった。何とかするよ、でも割り勘よ」

と念押しをして、

「知久！　集金係を頼んだよ」

と言いつけたのであった。

「がってん承知の助」

とすっかり調子に乗ってしまった知久であった。

結いが携帯電話で、会社帰りによく使う店に予約を入れ、

「ここからタクシーで移動よ。さあ乗った」

と、西新宿四丁目の目的地を指示するのであった。

ここは全国の日本酒が飲める自慢の店であり、同期の連中には少し割高ではあったが、
酔いの勢いも手伝って、来たのであった。

結いはこの店の冷酒が好きであった。特に新潟の菊水生絞りは、辛口でちょっと度数が高く最高に旨いのである。

いつもは会社の先輩にご馳走になるので勘定は気にならないのであったが、「今日は知久に奢らせよう。幹事をさせたお礼だ」といつもの菊水を注文してしまった。

「相変わらずこの白ワインのような味は美味しいわ」

と言って追加をするのであった。

みんなもすっかり調子がよくなり、お酒の味を存分に味わうのであった。

「ちょっと知久、みんなの帰りの時間は大丈夫なの？」

と結いがすっかり調子に乗っている知久に言った。

結いは、知久が前橋まで帰るのに時間が大丈夫かと思って言ったつもりであったが、

「明日は日曜だし、遅くなっても大丈夫じゃん。泊まればいいんだよ」

と知久が言う始末で、結いは内心、「困った奴だなぁ、酒癖が悪いのか」と思うのであった。

だいぶ酒が回ってきた知久が、

「結いちゃん、今日はありがとう。俺、本当に嬉しかったよ」

と言って結いに頭を下げてさらに言った。

「俺、二人のお姉ちゃんと仲良く育ったんで、何でも言ってくれる結いちゃんを他人のように感じないんだ。いつも結いちゃんのこと思っていたんだよ、どうしてんのかなぁって」

そして、

「俺、今日泊まっちゃおうかな」

と言った。結いは、「おとなしい割にはしつっこい奴だな」と思ったが、

「そろそろ終わりにしないとみんな帰れないよ。勘定しっかり集めてよ」

と知久に言うと、

「大丈夫、俺カードで払っちゃうから」

と簡単に言うのであった。

「さあ、お開きよ！　みんな帰ろうよ」

と言って立ち上がると、

「結いちゃん、知久が結いちゃんを好きなんだって。何とか聞いてやってよ、俺たち帰るから」

と、先に知久とずっと話し込んでいた大樹が突然言い出した。

結いは、とにかく馴染みのお店にあまり迷惑をかけたくなかったし、いい加減な気持ちで、

「分かった、分かった。では早くここを出ようよ」

と言って、

「知久、精算してね」

と向き直り、座り込んでうつむいている知久に言った。

完全に酔ってしまい、結いの肩に腕を回し、よろよろ歩いている知久を連れて、

「どこに泊まるのよ！　しっかりしなさい」

とつい強い言い方になってしまい、

「しようがない奴だなー」

と言いながら、会社でいつも利用しているホテルに空きがあるのか携帯で確かめるのであった。

やっとの思いで新宿西口のホテルに知久を連れていき、周りの目を気にしながら知久の代わりにチェックインをして、

「いつもすいません。今日はこの酔っぱらいなんですが、なんとか泊めて下さい」

とフロントに言い、ボーイと一緒に一〇階の部屋まで運んでいって、

「知久！　今日はここに泊まるのよ。しっかりしなさい」

と部屋のベッドの上にころがしたのであった。

「このままでいいですよ。寝かしておいて下さい」

とボーイと一緒に部屋を後にした。フロントに戻り、

「よろしくお願いいたします」

と頼んで、タクシーで家路に向かったのであった。すると携帯電話が鳴りだし、

「結いちゃん、ありがとう。とっても嬉しいよ」

と、ろれつの回らない声で、知久からの連絡があった。

「あいつ酔っぱらった振りしてたのか」と一瞬考えたが、「寂しい奴なんだな」と思い直し、電話を切った。

日曜日の朝、少し寝不足気味であったが、

「結い、今日も出勤なの？」

と母親から言われ、

「昨日同期会で仕事休んでしまったから、今日は出勤するのよ。仕事溜まってるんだ」

と頭を右手の拳で叩きながら答えるのであった。

「若さの勢いで無茶しちゃだめよ、今日は早く帰りなさいよ」

と言う言葉を背中で聞いて、さっさと出て行くのであった。

休日で出勤者の少ない事務所に少し遅い時間に出勤すると、

「おはよう。昨日は楽しかったか」

と出勤している仲間から声がかかった。

「二年も過ぎると、酒も顔も一人前になるものですね。仕事は半人前ですけど」

と冗談気味に話すと、

「さっき、前橋文社の天野君から電話があったぞ」

と言われて、

「しまった、携帯の電源をOFFにしていたんだ」

と思い出し、あわてて電源を入れた。知久の携帯に連絡しようかとも考えたが、「用があるなら向こうからかけてくるだろう」と考え、そのままにしておいた。

また結いの携帯に連絡が入ったのは、知久が新幹線で移動している最中であった。ゴー

ゴーと新幹線の動いている音が耳障りでよく聞き取れなかったが、

「結いちゃん、昨日は遅くまでありがとう。今度群馬のほうへ招待するので是非来てほしい」

とデッキで話している様子が窺えた。

「分かったよ。あまり飲むんじゃないのよ」

と言ってさっさと携帯を切ってしまったが、一人っ子の結いは、「馬鹿な弟みたいな奴」とつい思ってしまった。

紅葉

その年もだいぶ秋が深まってきた頃、一通の手紙が結いの自宅に届いた。

「その後どうしてますか、ぼくもだいぶ営業の仕事にも慣れてきて、特定のお客様が少しですが持てるようになりました。まだまだ先輩の手を借りてばかりですが、営業の仕事が段々面白くなってきています。

ところで結いさん、檜枝岐村って知っていますか。一〇月一杯が紅葉で大変美しい所です。尾瀬沼でも有名ですが、たくさんの人たちが今来ています。僕のいる前橋から車で二時間ぐらいで行けます。絶対に感激してもらえると思いますので、是非見に来て下さい。待っていますので連絡を下さい。　知久」

という内容の手紙であった。

どういうわけか携帯電話と違って、手紙など文章で伝えられると返事をしなければならない気になってしまうが、結いは、「はっ」としてしまった。

檜枝岐村は母の出身地であることをだいぶ昔に聞かされていたが、まさか知久からそこに誘われるとは思ってもみなかった。

「母親の生まれた所が、どういう所か一度見てみたい」という気持ちもあり、早速知久の携帯に連絡したのであった。

「檜枝岐ってどんな所？」

と結いが突然に母親に尋ねた。

「どんなとこって、お前何か用でもあるの？」

と言いながらも、

「そうだねー、最近は尾瀬沼でだいぶ有名になっているけど、お母さんが育った頃は何にもない寂しい所だったよ」

「今度、檜枝岐村の紅葉を見に行くのよ、会社の仲間たちと日帰りなんだけど」

と結いはあまり気乗りのしない母の顔を見ながら、会社の仲間たちと行くことになったから、行かざるを得ないのよ、と会社を理由に持ち出して言い訳気味に話した。

「日帰りで行けるの？　遠い所よ」

と、かつて自分が乗り換えながら、片道六時間近くかかったことを思い出して聞いてみた。

「今は、高速道路を使えば東京からでも三時間で行けるんだって」

と、もう行くことを決めたように話した。

「三〇年以上も前のことを顧みても、今更自分の嫌な思い出に残るものは何もないだろう。父親も継母も既にこの世にはいないし、自分の過去が見えるものは既に消えてしまっているはずだ」ふと友美は考えるのであった。自分の過去を覗かれることがどうしても嫌なのであった。

上越新幹線で高崎駅まで迎えに行った知久は、朝からうきうきして前の晩は眠れないほどで、「どこに連れて行こうかな……そうだ橋場のばんばにはお願いしてこなくては」と、いろいろ考えていた。

新幹線の改札口で待っていた知久の前に、いつもはあまり化粧や派手な服装をしない結いが、ヒップアップの長い足を包み込む真っ白な細めのパンタロン、上はシャツブラウス、アップに巻き上げた髪の前にはフェンディのサングラスといった出で立ちで現れた。知久は思わず見とれてしまった。

「ええっ！　すっかり見違えてしまったよ。綺麗だよ、結いちゃん。俺鼻が高いよ」

と駅前の駐車場に停めてあった、最近購入した真っ白なＧＴＲに案内した。

「さあ出発だ！　今日は楽しいドライブになるぞ」

と関越自動車道の高崎インターチェンジに向かって走り出した。

知久が盛んに結いの顔を見ながら運転するもんだから、

「ちょっと、しっかり前向いて運転してよ、危ないでしょ。まだ死にたくないんだから」

と結いがにたにた顔の知久に言うと、

「大丈夫、俺運転だけはうまいんだよ、自動車学校を主席で卒業したんだから」

とわけの分からないことを言って自慢するのであった。

小出インターチェンジで降りた車は、国道352号線を越後三山只見国定公園に向かった。途中から奥只見シルバーラインに入るのだが、ほとんどがトンネルの連続で周りの景色が全然見えない。しかも道が狭く、昔の人がこのトンネルを手で掘ったのではないかと思われるようなごつごつした岩肌が所々に露出して頼りなさが感じられる。

至る所から水が浸み出ていて、「早くトンネルが終わらないかな」と結いは不安を感じた。

檜枝岐村への標識がある二股の道を右折すると長いトンネルからやっと解放された。長いトンネルが終わって、ようやく青空が目に入ってきた。その途端、

「うわー！　最高に綺麗だわー。こんな紅葉は見たことない」

と結いは思わず叫んでしまった。

「まだまだだよ、これから先がもっと綺麗だよ」

と、いかにも知っているふうに知久が自信ありげに説明した。

道は左手に真っ青に澄んだ奥只見湖を見ながら、右手に真っ赤に紅葉した山々が続くのである。

この辺りの山には杉や松といった針葉樹林が少なく、ぶな、もみじ、くぬぎ等の広葉樹が多く広がっていることで、紅葉の彩りを一層鮮やかに燃えさせているのである。

またここの山々はほとんどが岩の固まりでできている地層のため大木が育たず、低木の落葉樹が永い年月の間に落ち葉を積み重ね、薄い地層を形成したところに風雪に耐えられた広葉樹の山並みが形成されて、このように見事な紅葉を描き出していると考えられている。

ところが道が狭いところに、たくさんの車が紅葉見物に押しかけ、行き交う車同士が譲り合いながらすれ違うため、すごい渋滞の連続になってしまった。

只見湖の入り組んだ地形の周りを縫うように走る道路は、進んでも進んでも同じようなカーブと景色が続く。右に左にカーブを続けていると身体も自然に左右に揺れてシートに凭れている身体が、いつしか催眠術にかかったように、自分ではどうしようもない状態に陥るのであった。

そして、真っ赤に燃えるような紅葉が全身の刺激となって結いの身体に浸み込んでくるのを、先ほどから何となく感じるのであった。真っ赤に燃えている紅葉の色が、いつしか血液の中に入り込んで、結いの身体を刺激するようなのである。

「ああー、身体が勝手に疼き出しているみたい。心臓が激しく高鳴っているし、どうしよう、知久に気づかれないようにしなければ」

と思いながら、左手でドア上の取っ手を強く握りしめた。

「知久、後どれくらいで着くの。ちっと休みたいなぁ」

と言うと、

「もう半分は来ていると思うけど。この渋滞ではどのくらいかなぁ、一時間はかからないと思うけど、もうちょっと我慢して」


会津駒ヶ岳に続く峠を越えると「檜枝岐村」と書かれた道路標識がやっと現れた。

「ああ、やっと着いたんだ。檜枝岐村だ」

と結いはついに叫んでしまった。

「ここが母親のふる里、あまり多くを語りたくないところだ。なぜなんだろう」と一人心の中で呟きながら周りを見渡すのであった。

そうしているうちに、

「やっと着いたよ、ここが尾瀬沼の入口だよ。ちょっと寄っていく?」

と知久は広い駐車場に車を乗り入れて、

「ああ、着いた。長かったなぁ、少し疲れたよ俺。山道が八五キロもあったんだ」

と言って大きく背伸びをした。

結いも大きく背伸びをしたが、先ほどから何か自分の身体の中で疼いているものをまた感じた。

駐車場のレストランに入り、

「お腹空いたでしょう、何食べる？」

と知久が言いながら、

「この近くに日帰りの温泉があるんだよ。入っていかない？　景色も最高にいいよ。それと何でも叶えてくれる鎮守社があるんだよ。この近くにあるから寄って拝んでいこうよ、俺是非お願いしたいことがあるんだ」

と言いながら結いの顔を見つめた。

「露天風呂なの？」

と結いが言うと、

「もちろん露天風呂もあるよ。五〇〇円で入れるし、タオルも売ってるよ」

「じゃあ、早く食事して露天風呂に入りに行こう」

と結いは催促した。

ログハウス風に造られた日帰り温泉の中で、

「うわぁ、気分最高！」

と、結いは長い足と両腕を湯船の中で目一杯に伸ばして深呼吸した。ここの温泉は、透明でちょっと熱めのお湯が特徴のようで身体の芯までよく温まる。そして、上気した身体を冷ましながら冷えたスポーツドリンクを一気に飲み干した。

「今日は来てよかったな、ちょっと相手が不足だけど」と思いながら駐車場へ出ていくと、知久はまだ露天風呂からは出ていない様子である。

「あいつ男のくせに長い風呂だなぁ、どこ洗ってんだ」と思いながら男風呂の入口に戻って、

「知久くん、車のキー貸してくれない？」

と叫ぶと、

「ご免、待たせた？　はいこれ鍵」

と言って暖簾越しに渡してくれた。

しばらくして、

「ああ、いい気分だったよねー。目の前の紅葉が最高に色づいていたね。ついのんびり見とれてしまったよ」

と言いながら車に近づいてきた。

「今度は橋場のばんばに行くよ」

と知久が機嫌よく車に乗ろうとして、

「結いちゃん、車の鍵返して」

と言うと、

「えっ、あれー、キーどうしたっけ、さっき借りたよね。そして後ろのトランク開けたんだよ。そしてタオルと上着をしまったんだけど、あれー、どうしたっけ」

と考えてしまった。

「結いちゃん、ポケットに鍵入ってないの」

と知久の言葉が頼りない言い方になってきた。

「トランクを開けたとき鍵を差しっぱなしにしたんじゃないの？　そして閉めてからキーを抜き取ったと思うんだけど」

「あっそうか、そうだよね。でもキーを抜いた記憶ないんだよね」

「ええっ、じゃあどうしてトランクを開けたの」

「そりゃキーを差し込んで右に回したよ。そしたらトランクの蓋が上がってきたので、キーをつかんだまま上に開けたんだよ……。ああー、いっけない、その時キーを抜き取ったんだ。そしてそのままトランクの中にタオルと一緒に置いたんだ。いっけない！」

「ええっ、すると鍵はトランクの中なの？　でも運転席のドアは開けたでしょう」

「直接トランクを開けちゃったもん」

「ああ大変だ、鍵がなくなったよ。運転できないよ。結ちゃん免許持ってないの？」

「もちろん、免許なんて忙しくて取る暇なかったもん」

「どうしようかな、スペアーキーは持っていないし。困ったなー」

「ごめん、露天風呂があんまり気持ちよかったんでどうかしてたんだよね。キーをつかんで持ち上げてそのままにしておけばよかったのに、つかんだまま抜き取っちゃったのがまずかったんだー。本当にごめんなさい」

初めて結いが知久に謝った出来事であった。

「あっそうだ、俺ＪＡＦの会員なんだ。電話してみよう。何とかしてくれると思うよ」

と携帯電話で呼び出した。

「こんな山の奥までと思っていたが、どうやらこの近くまでサービスカーが来ているみたいなんだ。でも後一時間ぐらいかかりそうだよ」

「ああよかった、そのぐらいなら何とかなるんじゃない。そうだ、その間に橋場のばんばに行こうよ。天気もいいし、歩いて行こう」

と、前向きに直ぐ切り替えるところが結いの性格らしい。

それに合わせて知久が、

「この橋場のばんばはね、鎮守社へ行く途中にある水神様なんだけど、やさしい顔をしていて何でも願い事を叶えてくれるんだよ」

「へぇー、そんなに都合のいい水神様なんているのかね。ところで何をお願いするの」

と知久に言うと、

「もちろん結いちゃんのことだよ。僕を好きになりますようにって願うんだ」

すると、

「知久、この辺に歴史資料館なんかないの？　ちょっと調べたいことあるんだけど」

と結いが知久の願い事を無視して言うと、

「えっ歴史資料館、ちょっとそこまでは調べてなかったな。でもその辺で聞けば分かると思うよ」

急遽予定を変えて、同じ敷地内にある檜枝岐小学校と中学校の校門の真向かいにあるガソリンスタンドで聞いてみると、

「歴史資料館ならうちの後ろだよ、すぐ分かるよ」

と案内をしてくれた。

入り口が観光案内所になっている歴史資料館に二一〇円の入館料を払って入った。展示室の中が少しかび臭いせいもあったが、昔の生活を伝える数々の展示物を眺めていると、厳しかった昔の生活がジーンと胸に伝わってきた。

寒い冬の間はこんな物を作って生活の足しにしていたんだ、と木材を薄く剝いだ板に熱湯をかけながら曲げて加工した曲げ輪、手桶おひつ、そばのこね鉢、へらやお盆等の木工品があり、それらを少ない兼業の収入としていた。

「こんな粗末な家に住んでいたんだ。さぞかし冬は寒かったろうね。しかも食べる物はそばとか粟が主食なんて、さぞかしお母さんも苦労したんだろうな」

と胸の中が熱くなり、こみ上げるものを感じた。

今まで知らなかった母親の人生の片鱗を少し垣間見た気持ちで、「ああ、もっとお母さんを大切にしよう」と改めて結いは思うのであった。

まだ待ち時間があるし、知久のしつこい誘いもあって橋場のばんばを拝むことにして、また歩き出した。

民宿の前を右折して鎮守社へ続く参道を歩いていくと大きな賽銭箱が見えてきた。その賽銭箱に小銭を入れながら、その後ろに立っている優しい顔のお地蔵さんに祈るのであった。

橋場のばんばに手を合わせ、結いは、「お母さんがいつまでも健康でいられますように」とお願いをした。

もともとこの橋場のばんばは、子供を水難から守ってくれる水神様であったものが、最近では縁結びや縁切りの神様として信仰されていて、良縁で切りたくないときは錆びたはさみを供えるのである。また、ばんばの頭にお椀の蓋をかぶせると、どんな願い事でも叶えてくれると言われている。

すっかり母の生まれ育った檜枝岐村に浸っていると、自分もなんだかこの地で育った人の血が流れているのだという思いになり、今その中にいると思うと、初めて来たような気がしないのである。

「ああ、本当に来てよかったな。もっとじっくり見てみたいなぁ」と改めて思った。

さあ、もう一時間になるよ。駐車場に戻ろうと言って知久は歩き出した。

ブルーと白のツートンカラーの正面にＪＡＦと書かれた一際目立つトラックが、牽引のためのクレーンを後ろにつけて待っていた。

あっと言う間に運転席のドアが開き、トランクから無事キーが戻った。

「ああ、よかった。これで無事帰れるわ！　たいした時間のロスもなかったし」

とすっかり気分をよくしている結いであった。

スタンドでハイオクガソリンを満タンにして、

「帰り道は日光を経由して行こうよ」

と来た道ではなく、同じ国道３５２号線を南下した。ところが紅葉の見物帰りの車や、尾瀬沼登山帰りのバスや乗用車で大渋滞となってしまった。

「まいったなぁ、この調子じゃ何時に着けるか分かんないや」

と半分喜んでいる気持ちを抑えながら知久が言うと、

「遅くなったら家まで送ってよね。そこまで面倒みるのがあんたの役目でしょ」

と結いが困った顔をしながら言った。

周りの山々は相変わらず真っ赤に燃えている絵柄の屏風を思わせる中を、今去ろうとしている結いの気持ちがなんだか落ち着かないのであった。

ここに来るときは身体の中が疼いて激しい動悸を覚えたが、いざ帰るとなると、今度は寂しさが身体全体を包み込むようで、胸が痛んでくる気持ちになるのである。

「一五歳でこの地を出たんだ。お母さんもこの土地を去るとき同じ気持ちになったのだろうか。悲しくなってえんえん泣いたんだろうなぁ」と考え込んでしまったのである。

相変わらず狭い道をのろのろとしか進まない車の中で、結いがちょっとセンチな気持ちになって、

「ふる里を持たない人って寂しいね」

とぽつんと漏らした。

そして突然結いが、

「そうだ、お母さんに土産を買っていこう」

と言い出し、

「この近くにお土産物屋さんないの」

と知久に聞くと、

「えっ、もう過ぎちゃったよ。この先は山道だけで土産物屋さんはないと思うよ。でも引き返すとこの渋滞だから何時になるか責任持てないよ」

と自分のせいではないよと言いたげに言った。

知久がハンドルを握りながらもじもじしていると、

「さあ、早く引き返してよ。どうせ遅くなったほうが渋滞も解消するんじゃないの」

と、車の鍵事件もすっかり忘れていつもの結いのペースに戻り、車をUターンさせるのであった。

檜枝岐温泉の入り口近くまで戻り、尾瀬の郷交流センターを過ぎた辺りのちょっと古道具屋を兼ねたような土産物店に入ると、

「これ素敵ね」

と昔の長火鉢を見つけて結いが指を指すと、

「お客さん目が高いね。でもこれ売り物じゃないんだよ。この辺に住んでいた人たちが、もう要らないから引き取ってって置いていくんだけど、なんだかみんなの思い出が残っているようで売る気にならないんだよ」

と店主らしい親父さんが結いに話した。

「へぇー、結いちゃんこういうの興味あるの?」

と知久が言うと、

「わたし古い物が好きなの。なんだか落ち着く気がするのよ」

「小父さん檜枝岐村の土産はないの? 何か昔の物が欲しいんだけど」

と言うと、

「この曲げ輪はどうかね。インテリアにもなるんじゃないかね、お嬢さん」

「そうね。じゃ、私このおひつみたいなものいただくわ。大事な物を入れておきたいわ」

と、白木を丸く曲げて作った二〇センチくらいの蓋の付いたおひつを買った。

「じゃあ、俺が結いちゃんにプレゼントするよ、今日の思い出に」

と、知久は格好の良いところをみせた。

「さあ、再出発だ!」

と言って、だいぶ暗くなってきた道をライトを灯して走り出した。だが、渋滞はまだまだ解消されていなかった。

結いは、

「あーあ、なんだか今日はいろんな体験をしたような気分になったなぁ」

と一人呟いた。

真っ暗な山道を前車の赤いテールランプと、後続車の二本のヘッドライトの筋が交互になりながら長い長い繋がりとなって続いていた。

暗くなった山間の道はいつの間にか気温が下がり、車のヒーターで暖められた車内は頭の血液を少なくして思考力を鈍くし、いつしか結いは眠りに落ちた。


国道352号線山王峠を過ぎて山王トンネルを抜けると栃木県塩原町に入る。そこから国道121号線へと進み、今市市へ向かう。日中であれば日塩もみじラインを通ってさらに紅葉を楽しむのであるが、そんな時間でもないし、結いもすっかり寝入ってしまっている。今市市に近づくにつれてやっと車が流れ出した。

日光有料道路から宇都宮インターチェンジに入り東北自動車道路を走り出したのは午後の九時三〇分を過ぎていた。

「ちょっと休憩しない？　トイレに行きたいんだけど」

と、眠っていると思っていた結いが言い出した。

「お腹空いたし、次の佐野サービスエリアで休むよ」

と知久は一番左側の走行車線へウインカーを出しながら車線変更した。

サービスエリアで結いは母に電話を入れた。

「途中で大渋滞にはまって、今やっと高速道路のサービスエリアで休憩しているのよ。これから会社の友達を送りながら戻るから遅くなります」

「分かったわ。気をつけるのよ」

と言いながらも友美は、檜枝岐村からじゃ遅くなるのが当然よ、と思った。

東北自動車道の久喜インターチェンジから結いの住む蓮田市に着いたのが一一時少し前であった。国道122号線からJRの蓮田駅に着いて、

「あっ、この駅でいいわ、降りるから。今日は招待していただいて本当にありがとう。いろいろな思い出もたくさんできたし、感謝しています」

と言ってドアに手をかけると、

「いいよ、俺家まで送るよ」

「いいよ、大変だから。時間も遅いし帰り道分かる？　本当に今日は誘っていただいてありがとうございました。気をつけて帰ってね」

と言って降りてしまった。

知久は少し残念な表情をしていたが、

「また招待します。来て下さい。今日は本当に楽しかったです。ちゃんと願い事もできたし」

と言いながら手を振って車をスタートさせた。

結いは駅からタクシーで家まで帰ったが、「知久に家まで送ってもらう関係にはまだ至ってないのよ」と言いたかった。

週が始まるといつもの仕事中心の生活に戻り、忙しい日々が続いたが、秋の日差しがまばゆいときは、「檜枝岐村の紅葉は最高だったなぁ」と思い出すのであった。


結いの二年間の大学生活の中で、最も重要な出来事はアルバイトであった。もちろん自分の学費からお小遣いまで母親にすべておんぶというわけにはいかないので、幾らかでも学費の足しにしようと、時給の高い仕事を探した。しかも、将来社会人になったときにも役立つ体験をしようと考えた。

自分の家から自転車で五分とかからない所に若い人たちがたくさん集まって、いつも忙しそうに働いている会社があった。通学の途中でいつも見かけてはいたが、新幹線の高架橋の下を事務所に借りているようで、たくさんの角材やベニヤ板、パイプ足場が積まれていた。看板には「スタッフ舞スタジオ」と書いてある。

何をしている会社なのだろうかと思い、仕事中の若いスタッフ風の人に聞いてみた。

「ああ、うちはね、イベントや装飾関係の仕事なんだけど、テレビのロケスタジオなんかも造るんだよ。だからいろんな材料や小道具がいっぱい置いてあるんだよ。少しうるさいけどね。あんた近所の人、うるさくて文句言いに来たのかい」

と顎髭を生やした小太りの男が言った。

「なんだか面白そうですね。アルバイトの人はいるんですか」

と結いが聞くと、

「何人かいるよ。でも仕事がきつくて続かないんだよなぁ。時間も不規則だから。あんた仕事探しているの？　大学生？」

「はい。家も近所だし、もし募集しているのなら話聞きたいんですが」

すると奥の事務所のほうに向かって、

「おーい、純一！　専務いるか」

と大声で叫んでいる。

「今日これからでもいいのかい」

と顎髭の男が言うと、

「お願いします」

と、話はとんとんと進んでいった。履歴書は後で届けるということで専務と話し合うことになった。

「うちの会社は時間が不規則だし、人使いも荒いよ。それに綺麗な仕事でもないし、あんたに勤まるかなぁ。それでもいいのかい。その分時給は他よりも少し高いけど」

「幾らなんですか。それに私、社会勉強もしたいんです」

と結いが言うと、

「あんた、最近の学生さんにしてはめずらしいね。なにか目的でもあるの」

「ええ、私キャリアウーマンになりたいんです。ですからなんでも挑戦してみたいんです」

「分かった。なかなか根性あるみたいだね。最初は見習いだから様子を見るよ。使えそうなら正式にバイトの契約をするよ。学校のほうは大丈夫なの？　おおーい、純一！　ちょっと来てくれ」

と言って、

「明日からでも大丈夫かい。この純一が現場を仕切っているからいろいろ教えてもらうように」

と言って、明日からのアルバイトの算段を決めた。

「ここの仕事は、段取り八割、現場二割と言われ、すべての仕事が事前の準備と、作業手順の打ち合わせで決まる、徹底して設計図を基に打ち合わせと確認が行われるんだ」

と純一が説明した。

結いも初めのうちは言われるがままに動くだけであったが、飲み込みが早いと主任の純一からも言われたように、すぐに道具の使い方と材料の見分け方を身につけた。

現場にも進んで行くようになり、ヘルメットをかぶり工具類がたくさんついているベルトを腰に付けて、安全靴を履きながらの作業をした。

もちろん学校はきちんと出席していたし、単位も取っている。毎日がアルバイトの生活ばかりではなかったが、作業もなかなか面白いと感じていた。

「私、身体を動かすほうが向いてんのかな」と思いながらも、家が近いということが一番の助けになった。疲れて帰っても家が近いからすぐに寝られるし、食事もできる。何とか二年間のバイトが続いた。

主任の純一は、顎髭を生やしたまだ二二歳の青年であったが、仕事はてきぱきとこなし、専務からの信頼があったことから、年齢からくるひ弱さは感じさせないが、ビジュアル系の芸能人を思わせるタイプであった。

結いはいつもこの純一について仕事を覚えた。仕事以外でも食事に行ったり飲みに行ったりはしたが、二人っきりということはなく、いつも大勢の仕事仲間たちとの付き合いであった。大学生の仲間たちより社会人との付き合いのほうが多かった。特に夏休みの間はほとんどをバイトで過ごした。お台場のフジテレビに行って徹夜で作業をしたこともあった。

撮影が終わるまでは待ちの状態が続いて、いつでも作業ができる態勢で待っていなければならない。あるときは銀座のデパートのショーウインドーの春から夏への衣替え作業を午前〇時に合わせて一気に行ってみたり、常に相手の都合に合わせて行う仕事であったから、仕事の終わる時間はいつも不規則だった。

結いはこの仕事を通じて仕事の厳しさ、契約履行の難しさ等を学び、特に時間を守ることがいかに大変であるかを感じた。

「どんなに素晴らしいアイデアがあって、徹夜して施工をしても、時間に間に合わなかったらすべてがパーになるんだよ。一銭にもならないんだよ。だからいかに事前の準備と確認が大事か、これが僕たちの仕事のすべてなんだよ」

と純一は結いに教えた。

「へぇーっ、この若さで凄いんだなぁ、今まで見たこともない人種だな」

と結いは思った。

このアルバイトを通じて、結いは仕事の相手から信頼を得るには、約束を確実に実行することがいかに大切であるか、そしてそのためには約束の内容をよく確かめ、いかにして相手に喜んでもらえることを、自分のテクニックとして加えることができるかではないか、と思った。


季節が移り変わり、新しい年が始まっても結いは相変わらず忙しい日々を送っていた。

結いが業者との打ち合わせで外出しているとき、突然携帯に知久からメールが入った。

「明日、突然新宿の事務所へ出張になりました。会議が終わったら付き合って下さい。

知久」

「ええっ、あした。あんまり気が乗らないなぁ、でも去年は檜枝岐村でお世話になったから仕方ないか」とOKの連絡をした。しかし、一対一ではまずいと思って同期入社の瞳を誘った。

「瞳、あしたまた知久が来るんだけど一緒に付き合ってくれない。お願い」

「知久は結いちゃんに会いに来るんでしょ、おじゃまじゃん」

「いいの、いいの。是非ともお願い。美味しい店に連れて行くから」

「じゃあ、大樹くんも誘おうかな。いい？」

「ええっ、四人か、お金かかっちゃうな。でもしようがないか」

ということで知久と会った。

コートの襟を立てながら待ち合わせの午後六時半、結いが気に入っている菊水を飲ませるこの前のお店に行った。

「知久、この前のように飲み過ぎて泊まらないでよ。それから去年檜枝岐村へ行った話はしないでよ。分かった？」

と小さな声で言うと、

「大丈夫だよ。今日は泊まりの出張だから」

「ええっ、明日も会議なの」

「そうだよ。今日はおもいっきり楽しむんだよ」

「聞いてないよ、泊まるなんて」

「がんばれよ知久、俺たちいいところで引き上げるから」

「ちょっと、気を利かせなくてもいいんだよ大樹君、瞳」

完全に今宵は知久のペースで始まった。

「おい知久、お前たちどこまで進んでんだ」

と突然大樹が言い出した。知久は結いの顔を覗きながら、

「ちゃんと橋場のばんばにお願いしたから、きっとうまくいくと思うよ」

と言ってしまった。

「橋場のばんばって、なんだ」

「あっ！　なんでも願い事を聞いてくれる神様だよ。俺一人でお願いしに行ってきたんだ」

とあわてて言い訳した。

「なあんだ、そんな段階かよ。もっとどんどんアタックしてたのかと思ったよ」

するとと、

「ちょっと待ってよ、あんまりけしかけないで。わたしは今仕事優先なのよ。もっともっと覚えることとたくさんあるんだから」

と結いは大真面目で話した。

「でも、ちゃんとこうして知久の出張の相手をしているじゃないか」

「それは、同期の仲間としてのお付き合いをしているだけよ」

「へえー、割と義理堅いんだなぁ」

「そうよ、友達は大切にしなさい、って親からいつも言われているんだもん」

「ところで、あんたたち二人もだいぶいい線いってんじゃない」

と話題を大樹と瞳の関係に振り向けると、

「うん、俺たち付き合っているよ、隠さないよ。なっ、瞳」

「そうよ、同期の中では最初のカップル誕生よ」

と瞳まで堂々と宣言した。

決して結いが二人の証拠をつかんでいたわけではなかったが、行きがかり上咄嗟に話題として切り出したことであったが、あっさりと認められてしまって、返って踏ん切りが悪いのであった。

「やあ、おめでとう！　よかったじゃないか。今日はお祝いだ。ねえー、結いちゃん」

と知久が、ガラスでできた冷酒用のぐい飲みを持ち上げて言った。

「まだお祝いを言われるまでにはなっていないけど、君たちにもそういう関係になってほしいと思ってるんだよ」

「道理で、瞳を誘ったとき大樹も誘っていいかって言うから変だなっと思ったんだ。私たちに発表したかったんだ」

「いやっ、結果的にそういうことになったんだよ」

と、こんな会話をしながら時間と共に菊水の酔いが四人の雰囲気を高めていった。

「さあ、俺たちそろそろ二人っ切りの時間を過ごそうかな」

と大樹が腰を上げた。

瞳も、

「ああーん、だいぶ酔っちゃったわ。どこか静かなところへ行って二人で温まろう」

と甘えた声で、さっさと出て行ってしまった。

「あーあ、行ってしまったね、まだ早いのにね」

と嬉しそうに結いに向かって知久が話す。

「ふふーん、そういう関係だったのか、全然知らなかったなぁ。仕事ばかりしていると周りのことが見えないんだ」

と言いながら、結いはこれからどうしようかと考えた。

そのとき、ふとアルバイトをしていたときの、純一の顔が結いの脳裏に浮かんだ。


東京ベイホテル東急の正面入口の吹き抜けに、巨大なクリスマス用ディスプレーの仕事を一一月三〇日の夜遅くまでかかって仕上げた。みんなで大急ぎで跡片づけをし、帰り途中のファミレスで遅い夕食を兼ねた飲み会をしたときであった。

「みんなごくろうさんでした。お蔭様で約束の時間までに完成することができました。これから年末にかけてさらに忙しくなりますが、頑張って下さい」

と純一が挨拶して乾杯をした。そして腹一杯食べて、それぞれの車で帰途についた。

「今日は遅くなったから直接帰っていいぞ。飲んだ奴は運転をしないこと。このトラックは道具を積んでいるから会社に戻るぞ」

と純一が言って、

「結いちゃんは会社の近くだからこの車で送っていくよ」

と誘ってくれた。

初めて二人っ切りになって結いはちょっと緊張した。純一は運転をしながら自分のことを話し出した。

「俺は高校しか出てないんだ。勉強が嫌いだったし、特別目的もなかったから。卒業してからいろんなバイトをしたよ。運送会社やビルの掃除、廃品回収業などもしたけど、あくまでもバイトとしてだけだったね。だけど今の仕事をして俺は感じたよ、ものを創るおもしろさというか、他人に満足を与える仕事は実に心地いいんだ。俺は心からこの仕事をやろうと思ったんだ」

と言って、今の自分が輝いているのもこの仕事と巡り合ったからなんだ、とも付け加えた。

結いは、この人は若いのにこんなに一生懸命に仕事ができるのは、自分の生きる目標が見つかったからだ、と思った。自分もこの人のように生き甲斐を見つけたい、そして一生懸命に仕事をしてみたいと思い、胸に熱いものを感じた。

「だいぶ遅くなったけど、家のほうは大丈夫なの？」

と、純一がまっすぐ前ばかり向いている結いに話しかけた。

「大丈夫です。母にはちゃんと遅くまで仕事だからって言ってありますし、今日は大きな仕事の仕上げだから徹夜かもしれないって言ったんです」

「しかし、結いちゃんは学生みたいじゃないね。働くのが好きって感じがするよ。苦労を知っているんだね、若いのに」

初めて自分の心の中に入ってきた言葉であった。一瞬、「ええ、とっても」と言いかけて、

「母と二人暮らしで、母にたくさん迷惑をかけてきたから」

と控えめに話した。

「俺は男だから、親に迷惑をかけるのは仕方ないと思ってきた。それより早く一人前の大人になることを考えてきたよ」

という言葉に、結いは、

「男の人はやっぱり違うなぁ、頼もしいよ。私の見たこともないお父さんも同じ考えだったのかしら。なんでお母さんに冷たかったのだろうか」

と思うのであった。

「結いちゃん、ちょっと遅いけどもっと話しないか？」

とトラックから降りて駐車場から戻ったとき純一が誘った。

「いいですよ」

と結いも、もっと話をしてみたいと思い承知した。

トヨタbBに乗り換え、助手席に結いを乗せて、結いの家とは反対方向に走り出した。

「純一さんは独身なんですか」

と結いが聞くと、

「もちろん、今は忙しくて結婚どころじゃないよ。これで奥さんがいたら仕事にならないしね。結婚はまだまだ先の話さ」

と言った。

車の中がなんとなく男臭いというか汗の臭いというか、結いがあまり感じたことのない臭いが鼻を刺した。

「男の人って」と思いながら、でも嫌な臭いではないと思った。

車が突然左に曲がった。

「結いちゃん好きだよ、ついてきてくれ」

と純一が誘った。

「はいっ」

とだけ言うのが精一杯の結いであった。


「ああ、あのときが初めての経験だったなぁ。今どうしてるのかなぁ、彼」

と、ふと思い出したのであった。

「ねぇっ、知久の生き甲斐ってなあに」

と突然話しかけた。

「僕は長男だし、いずれ家業を継がなければならないんだけど」

「じゃあ、今の仕事は腰掛けなの？」

「いいや、必ずしもそうではないけど」

「ではどうすんのよ。自分でやってみたい仕事はないの？」

「今の仕事が段々面白くなってきてるんだよ。その時は家業はお姉ちゃんに譲ってもいいんだ」

「なんだか頼りない人生だね。汗を流したことないんじゃないの」

「大学までは家の農業をいつも手伝っていたんだ。でも、親もまだ若いから僕は今の仕事を選んだんだよ」

そんな会話をしながら新宿西口駅に向かって歩いていた。

「今日はどこのホテルに泊まるの」

「この前泊まったホテルはちょっと格好悪いから別なホテルをインターネットで探したんだ。取れたよ」

結いは帰るタイミングがないなぁ、と思いながら歩いていくと、新宿中央公園の中で、寒いけどちょっと休まないと知久がベンチに腰をおろした。そして、

「結いちゃん、俺のこと嫌いですか」

と突然言い出した。

ちょっと返事に詰まって、

「嫌いじゃないよ、ちょっと頼りないけど」

と言ってしまった。

「ほんと、ああよかった。俺、嫌いって言われたら明日の仕事どうしようって考えてたん

だ。結いちゃんお願いだ、僕の思いを受け止めてほしいんだ。去年檜枝岐村に行ったとき、本当は告白したかったんだけど、言えなかったんだ。本当に好きなんだよ、お願い」

「えっ」

と言ってベンチから立ち上がり、結いは歩き出した。

「ついに来たか」と思いながら進んでいくと、高層ビルの明るさが公園内を浮かび上がらせている七、八メートル先に、葉を落とし、すっかり裸になった銀杏の木の下で抱き合っているカップルが見えた。

コートの襟を立て、すっかり重なり合ってキスをしている。目を反らそうとしたが、なんとなく男のほうが気になった。

「カッコいいなぁ、背が高くて」と思いながら五メートルほど近づいて男の横顔を見た。すると、

「先輩だ、純一先輩だ！　えっ、うっそう、どうしてここにいるの。あっ、どうしよう」

と思いながら後ずさりして引き返した。知久が、

「どうしたの、あわてて」

と近づくと、

「ちょっとそっちへ行ってよ。ついてこないで」

と言って新宿ニューシティーホテルの方角に向かって歩き出した。

「なんで先輩があそこにいるの？　しかもカップルなんかで。ほんとに純一先輩かしら」

結いはなんだかいらいらして興奮状態になっている。

純一とは短大を卒業する二カ月前に、バイトを辞めると同時に別れた。恋人同士というわけでもなかったが、純一が社内で噂になることに神経を使っていたことと、結いも仕事も恋もアルバイトと割り切っていたために終止符が打てた。

結いは決して純一を嫌いになったわけではなく、むしろ彼の仕事に対する情熱には感激するものがあって、男として魅力を感じていたが、新社会人のスタートを切るに当たって関係を引きずりたくなかったのである。

知久は何がなんだか分からないまま、仕方なくただ後をついていくだけであったが、結いがホテルの回転ドアの中に入って行ってしまったので、知久は何を勘違いしたのか、

「やった！　俺の思いを受け止めてくれたんだ。やった！」と万歳してフロントに走って行った。

結いはそわそわした表情でロビーのソファーに座っていた。時間の経過とともに結いは

体中の力が抜けたような脱力状態で一点を見つめて座っていた。

「結いちゃん、休んでいこう」

と知久は誘った。

三カ月後、その結果が結いの悩みとして現れたのであった。

「どうしようかなぁ」

まだ母の友美には話をしていなかった。

母に話をするとなれば、

「あまり好きでもない相手の子を身ごもった」

とも言えないし、

「ちょっとした弾みで妊娠した」

とも言えないし、言うからには、

「結婚を前提に考えている」

と言わなければならないだろうし、厳しく生きてきた母親の前でいい加減な説明はできないのであった。

もちろん知久にもまだ「妊娠」の話はしていなかった。話せば、当然あの知久のことだ

から、あっと言う間に、

「子供ができた。結いちゃんと結婚できる」

と言い散らすのではないかと心配したためである。

「困ったなぁ、どうしようかなぁ」とため息が続くのであった。

「キャリアウーマンになってバリバリ仕事をする」、「自分の生き甲斐を持って仕事をしていく」と考えてきた結いにとって、全くの落とし穴と言わざるを得ない。まだ結婚の意思もないし、こうなれば自分の心に忠実になって考え直さなければならないと思うのであった。

「ああー、もう時間がない」……。


込み合っていた車内に少しずつ空間が見られるようになってきた。ふと頭の上に目が行くと、電車の動きに併せて揺れている中吊り公告の文字に惹かれた。「大きな古時計が四〇年ぶりのヒット」と、書かれている。

「平井　堅が癒しを歌う」というサブタイトル。

「大きなのっぽの古時計　おじいさんの時計　一〇〇年いつも動いていたご自慢の時計さ

……」と歌うこの歌は、一八七八年につくられたアメリカ民謡で「グランドファザーズクロック」という題名で、昭和三七年に当時のＮＨＫが「みんなの歌」で初めて紹介したのだそうだ。

確かに、なぜ今ヒットしているのだろうか。「癒しを与える歌」という評判であるが、歌がいいのか、歌い方がいいのか今ひとつ分からない。

でも実際に聞いてみると確かに響きが心地いいと感じる。これだけ物質的に恵まれていて、しかも個人の自由がまかり通っている日本人が、なぜ、今癒しを必要としているのだろうか。自己自由の次は癒しが必要なのであろうか。

さらにこの歌にはもう一つ裏話があって、歌詞のなかの「一〇〇年いつも動いていた」と歌っているが、実は原曲の歌詞では「九〇年いつも動いていた」なのだそうだ。

これは翻訳された保富康午氏が、歌いやすさと語呂を考えて一〇〇年にしたと言われている。やはり歌い方が癒しなのであろうか。

遺言書

喜多野清は六三歳。ある地方の県土木課長を定年で退職し民間企業の開発会社に天下っていた。この不景気で就職難の時代に年収七二〇万円を約束されているのだ。地方都市としては破格の待遇である。

東京の地下鉄には初めて乗ったため、先ほどからきょろきょろ出入口の上ばかりを見ている。そして、自分の降りる駅を何度も確認している。出入口は乗降客で一番混雑するのに、頑としてドアの端の僅かなスペースから動こうとしない。

腕時計と頭の上にある地下鉄の線路図ばかりを睨んでいる。駅が過ぎるたびに確認するのだ。

喜多野清は地方公務員であったが、仕事に関しては妥協を嫌い、自分の主張をはっきり言う性格であった。そのため、もう少し出世ができたであろうが自分の意見に固執しすぎたために課長止まりのようであった。

「あんたも、もう少しうまく立ち回れば部長の椅子が約束されたのになぁ、能力はあるんだから」

「なんでそんなに自分の考えに固執するのかねえ、誰も誉めてくれないよ」

と酒の席で、仲間や業者からよく言われたものである。

「俺は間違ったことは言ってない、みんながそんなことばかりやっているから地方財政は良くならないのだ」

と言うのが清の口癖になっていた。

清をこのような性格に育てたのは、父親の清吉であった。清吉は三人兄妹の長男正を自分と同じ営林局に、次男の清を市の土木課へと就職させ、喜多野家の男たちをすべて公務員に仕立てたのである。

「公務員は食いっぱぐれがないから」というのが父親の考えであった。

その父親清吉は、子供のしつけに対しては、戦争経験者であったこともあり厳しく行った。子供たちに説教するときは正座をさせ、いつも火箸をもって畳を叩きながら、一言一言ゆっくりと話すのであった。正と清は火箸も怖かったが、それよりも足の痺れを我慢するのが苦痛であった。

清吉は酒もたばこもやらず、毎日決まった時間には必ず玄関に立っているという生活が常であった。そのとき、女房のさとがいないと怒鳴るのである。さとは、おとなしい性格で、厳格な夫にひたすら従うのであった。もちろん夫が出勤するときや帰宅のときには玄関に正座をして、

「行ってらっしゃいませ、お気をつけて」

「お帰りなさいませ、ご苦労様でした」

と言うことが、当時としては当然の作法であった。

これに対し、末っ子で長女の淳子にだけは、この厳格な父親は甘かった。淳子が子供の頃から、寝るときは自分の両股に淳子の小さな両足を挟み、寒い冬には湯たんぽのように抱っこして寝るのであった。

このような厳しい父親に対し、長男の正は反抗はまったくと言っていいほどしなかったが、次男の清はさすがにそのような厳しい父親を嫌い、高校を卒業すると家を出て、自分で生活を始めたのであった。

「俺は次男坊、いずれは家を出る身、自分で一生懸命やってみるさ」

そんな性格からも清は自分の主張は曲げないのである。

今も電車の中で立っている足の後ろに誰かの荷物が置いてあって、立っているのが不安定な状態になっている。たぶん一番手前の自分に近い席に座っている人の荷物であろうと思ったが、

「なんで荷物を棚の上に置かないのか」

と独り言のように言った。しかしなんの反応もない。だれも、

「あっ、私の荷物です」と言うものがいない。

「なんと困った世の中だ」と、また独り言を呟いている。

清は弁護士との約束のため、乗ったこともない地下鉄に乗るはめになったのである。今まで長男の正とは同じ市内には住んでいたが、兄弟の交流はほとんどなかった。少なくとも清からの連絡や訪問はほとんどなく、一方的に正の方からの電話連絡がたまにある程度であった。

「お互いなにも連絡がないということは共に無事な証拠」と清は割り切り、自分の力で家を建て、家族を養い、今日まで誰にも何も言われず、仕事中心に生きてきた。

一方、長男の正は、父親の残した土地と家に住んで、母親が貰っている父親の軍人恩給

と、自分の収入もあったことから経済的には比較的余裕はあったが、「俺は長男だし、実家の墓を守らなければならないからこの土地から離れられないのだ」と、ぼやきというか暢気というか、多少いい加減気味に暮らしてきたのであった。

正の家庭は多少複雑で、痴呆の始まった八六歳の母親さとと、障害者の一人娘良子の面倒を一人で見なければならない事情があった。妻とは一五年前に協議離婚をし、良子は施設に預けた。

両親にはいずれは別れを告げなければならないが、妻や娘と離ればなれにならなければならない生活をなぜ正は選んだのか。夫婦で力を合わせて、なんとか障害児の一人娘を自分たちで育てられなかったのか。それとも努力した結果が、娘をも家庭をも守ることができなかったのかは今一つ計り知れないが、正自身が選択した道ではあった。正の性格を考えると、正自身の努力の足りなさが生んでしまった家庭崩壊ではなかったのだろうか。

そんな中で、正はこれから老人と障害者の面倒を見なければならない寂しい人生ではあったが、どうしたものか昨年六五歳で他界したのであった。

突然の死であった。

母親さとは、正が営林局の定年退職を目の前にしたあたりから痴呆の兆しが見えていた。

正は、自分としては天下りを考えてはいたが、それができなかった。国有林事業の衰退もあって、天下りを受け入れる企業がなかったのである。さらに痴呆の始まった母親のほかに、障害者の認定を受け、施設に預けてある一人娘の面倒を見なければならず、定年後は仕事をすることはなく家にいた。正は長男らしく温厚で優しい反面、決断力に乏しい性格であったが、友人も多く、周りからは、

「痴呆の母親と、障害者を抱えて本当に優しい人だねぇ」

「どうして奥さんと別れてしまったのかねぇ」

と言われていた。

しかし、何で離婚したのかが分かっていなかった。その後別れた妻に話を聞いて分かったことだったが、離婚の理由について、

「あの人は女遊びが激しくて、家にも何度か女の人を連れてきたのです。しかも一人の女だけではありませんでした。

特に、父親の清吉さんが亡くなってからは、人が変わったようになってしまいました。私も身体が弱く、決して世間で言ういい奥さんではありませんでしたが、外の顔と家での顔は全然違う人でした」

と、思ってもいなかった事実を聞かされたのであった。

本当だろうか。厳しい父親には一切反抗することなく、父親の言うとおり国家公務員にまでなった正であったし、妻と離婚した後は女性関係の話は一切耳にすることもなかったし、その事実はまったくもって今までのイメージを覆すものとなってしまった。

夫婦の間には、他人には分からないことがあるものなのである。しかし「死人に口なし」とはよく言ったもので、正にその理由を確認することはできないのであった。

正は痴呆が進んでしまった母親を特別養護老人ホームに預け、物事の判断ができなく、言葉を話せない一人娘をやむなく施設に預けてはいたが、「自分がしっかりしなければ誰も面倒は見てくれない」と、普段から自分の健康管理には人一倍に気をつけていた。

「血圧が高いから注意しなさい」という医者からの指摘を忠実に守って、お酒と肉類中心の食事を改めていたのであったが、ほとんど一人住まいの気ままな食生活であったため、癌に蝕まれていたことにまったく気がつかなかったのであった。

もともと血圧が高く、自分でも気にしていたため血圧検診は定期的に受けていたが、どういうわけか健康診断や人間ドックは受けていなかったようであった。

退職後初めて受けた血液検査で「すぐに入院しなさい」と医者に言われ、痴呆の母親と障害者の娘を抱えた正は困り果て、久し振りに次男の清に連絡をとってきたのである。連絡先をどうして調べたかは分からなかったが、勤め先に来た突然の連絡で、

「入院するから相談がある」

と言われ、「やっぱり、突然の連絡はろくな話ではないな」と清は思うのであった。突然呼び出されたのは一二月二五日のあわただしい年末、雪が降り、路面が凍りつく寒い日であった。

清は担当医の先生から、「もって三カ月」と宣告され、残された母親と良子のこれからの処置を直ちに考えなければならなかった。

清は今まであまり兄の家には寄りつかなかったため、家の様子がまったく分からない状態であった。そこで、やむを得ず別れた奥さんに連絡を取ることにしたが、住所が分からず、親戚知人など方々に頼み、やっとのことで探し当てた元妻は、離婚後自立して生計を立てていた様子ではあったが、もともと病弱な身体であったこともあって、最近までは義弟に面倒を見てもらっていたが、今は躁鬱病の患者として精神病院に入院している身であった。

すっかり困り果てた清は、そこで東京に嫁いでいる妹の淳子に頼みの連絡を入れざるを得なかった。

淳子は、母親が元気なときには自分の子供を連れてよく里帰りをしていたが、母親が痴呆にかかったときから、正が雇い入れたお手伝いさんと意見が合わず、最近では実家に寄ることがほとんどなくなっていた。

亡くなった正が、母親の面倒を見てもらうためにお手伝いさんを雇ったのであるが、一般のお手伝いさんではなく、正の懇意にしている年上の人妻であったことから、淳子が嫌ったのであった。

「でもこんな状態だから、頼める人がいれば誰でもいいんじゃないか。みんな仕事や家庭があって手伝いに来れないんだから」

というのが、兄正からかかってきた電話で答えた清の考えであった。しかし淳子は、自分の実家に必要以上に他人の手が入ることを嫌がっていたし、ましてや普通のお手伝いさんでないことに感情を露わにするのである。

「結局、お母さんの面倒を見るといっても、お母さんは施設に入れてしまい、なにを面倒見ていたのよ」

というのが淳子の言い分であった。

「例のお手伝いさんがついているんだから大丈夫でしょう、私が行かなくても」

と嫌みっぽく清からの電話に返事したのであったが、やはり母親の状態も心配であり、やむなく、年末の忙しい時期に里帰りをしたのであった。

実家に呼び出された淳子は、家の中に入って驚いてしまった。六〇歳を過ぎて定年退職した者の生活の様子ではなかった。

「一体ここでなにが行われていたの。こんなに模様替えしちゃって、なにを考えているのか分からないわ。だから他人を家に入れるのは嫌なのよ。お母さんの物もすっかり入れ替わっているじゃないの」

と叫んだ。もちろん人妻のお手伝いさんはその場には居合わせなかった。

死ぬ間際までのんびりした感じの正であったが、本人に癌の宣告をすべきかどうか二人の間で話し合い、気の弱い正であることもあって、「かえって死期を早めるんじゃないのか」というのが担当医にも相談した結果で、ついに最後まで、

「あんたは癌に蝕まれてしまったの。悔しいけどあと三カ月の命なの。一人娘に会いたい

でしょ？　ほかにやりたいことはないの？　なにか言い残すことはないの？」

など、一言も言えなかったのであった。

「でも私は反対よ。なんとか一人娘に早く会わせたほうがいいんじゃないの？　施設の先生に相談してみるわ。もし兄さんが死んだら葬儀のお金も必要だし、やっぱり本人に告知したほうがいいのよ」

淳子が最後まで清に言った言葉であった。

「でもあのお手伝いさんが四六時中兄さんのそばから離れないし、話すタイミングがないな」

というのが清の反対の理由であった。

入院してからの正は、

「私は、このお手伝いさんを最も信頼しています。身の回りのことはすべてこの人にお願いしてますから」

と、さも「弟や妹を信用していません」と言っているように、見舞いに来た人や担当医、そして銀行の担当者に話したこともあって、東京から来ている淳子の生活費なども正の口座から引き出すことができない状態であった。もちろん通帳も印鑑も兄の正が持っていた。

あるとき淳子が、

「少し生活費が必要なんだけど出してくれない？」

と、お手伝いさんが帰って行った夜にベッドのそばで正に話した。すると、

「俺はもう少しで退院するから、それまで立て替えておいてくれ」

という返事であった。

「なんと、いま死に直面している人間の言う言葉か、そんなにお手伝いさん以外は信用できないのか、それとも本当に死ぬことを感じていないのか、はたまたこの人は本当のケチなのか」と愕然とする淳子であった。

その年は特に寒さが厳しく雪の多い冬であった。庭の寒椿が真っ白な雪をバックに鮮やかな真紅で咲いている。


年が変わり、新年の門松の取れた一八日の午前二時、長男正は、

「そんなに俺は悪いのか」

と、まさか自分が死ぬなんて考えられないと言いつつ、静かに息をひきとった。癌が身

体中に転移して手の施しようがなかったのであった。担当医が、「もって三カ月ですよ」と言った日から、僅か四週間足らずの命であった。

このとき家の庭に、寒椿の花が白い雪の中から顔を出し、一段と鮮やかに咲いていた。正はこの寒椿が雪景色の中で真っ赤に咲くのが好きであった。

突然の死であったため、さらに正自身の死ぬことへの勘違いもあって残された家の状況がまったく分からなかった。

四十九日の法要が済んでから初めて荷物の整理に手を着けた。

正が痴呆の始まった母親の面倒を見るためにお願いしたお手伝いのウメさんは、母親を施設に預けてからは、毎日の仕事は正の私生活の面倒を見ることに変わっていたようであった。

最近では、付き合いのあった正の友人たちも、ウメさんの夫婦気取りの行動に遠慮して家には近寄らなかったということであった。

そのウメさんから、

「金庫の鍵を預かっています」

と、生前正が大事に持っていたワニ皮の黄色い財布を清に差し出した。金庫の中には預金通帳や証書、印鑑などが入っていたが遺言書は見つからなかった。

以前から正と付き合いのあった友人の一人が、

「お兄さんは遺言書を残していたでしょ。以前に私に遺言書のことを話していましたよ」

と清に話をしたので公証役場に確認をとったが、喜多野正の遺言書は届け出されていなかった。その結果、唯一の遺族となった一人娘の良子は、司法書士の鑑定の結果、現金と預金合わせて三千万円と、不動産が時価で二千万円の合計五千万円を相続したのである。

しかし良子は自分の意思で物事を判断できず、また言葉を話すことができない障害者であるため、成年後見人を設けるよう家庭裁判所から指導を受けた。

清と淳子がその任に当たることになったが、良子が相続した遺産はすべて家庭裁判所が管理することとなり、成年後見人はただ良子の施設で行われる行事や、健康管理の相談に応じるだけの任務であったこともあって、「成年後見人ってなんのための制度なのだろうか」と考えざるを得ないのである。

このとき清と淳子は、相続人の良子を清の娘とする養子縁組をして、なんとか財産がよそへ引き継がれるのを止めようと考え、家庭裁判所に相談をしたのだが、相続人の良子は既に成人であったため、養子縁組の申請手続きには本人の同意と署名が必要条件とされた。

まったく意思表示もできない、読み書きもできない重度障害者の認定を受けている良子には、この条件が当てはまらないのであった。なんとか打つ手がないかと考えていた清は、この裁判所からの通知には、まったくお手上げであった。

さらに、この時点で良子の相続した財産は、今後本人が死亡した場合は、離婚した母親が健在であれば母親に引き継がれるが、母親も既にいない場合は、祖母のさとが生存していない限り、国の判断に委ねられることになる、ということも併せて裁判所から聞かされていた。

「もしこの良子が亡くなった場合、良子の遺産はどうなるのだろうか、もっと他に考えることができないのだろうか」というのが、今回弁護士に相談する内容であり、そのために今朝待ち合わせの四谷にある弁護士事務所に向かっている清であった。

死んだ兄正が父親清吉から相続した土地建物は、父親清吉が昭和四一年に亡くなってからずっと父親名義のまま放置されてあったのだが、正が定年を迎える三年前になって清と淳子は、

「俺が母親の面倒を見ることになるんだから、みんな相続権を放棄してくれ」

と突然正に言いわたされた。

「兄さんがそこまで言うのであれば俺に異議はない」

と清は判を押すことに賛成をした。長女の淳子も東京で結婚をして自分の家を持っており、権利放棄には賛成したのであった。母親も同様に自分の面倒を見てもらえることであったため、同意に異議はなかった。

父親から相続する財産については、別段相続税が必要なわけではなかったのだが、何を急いだのか正は、父親清吉の死亡に伴う名義人変更の手続きを、司法書士と相談して弟と妹と母親の権利放棄の証書を元に、自分名義の登記をしたのであった。

まさか母親よりも早く自分が亡くなるとは考えられなかったことから、父親清吉が苦労して築いた財産を、自分では使うことができない障害者である娘に相続させる結果になってしまったのである。

離婚した正の妻も七〇歳近い年齢であり、娘の良子より先に亡くなるであろうから、このままでは将来、誰の財産になってしまうのだろうか。結果的にみんなが良しと決めた相続放棄の決断が、死亡順番の違いで全く無意味になってしまったのである。父親が残した財産が喜多野家にとっては何の役にも立たない財産として処理されてしまうのである。「権利放棄」といった、ちょっとカッコイイ決断をして、たった一つの実印を押したことがこのような結果になってしまうのである。

清はなんとも割り切れないのである。

生前正は、

「痴呆の母親が亡くなれば、自分は娘がお世話になっている施設の近くに住んで、毎日世話をしていたい。自分が亡くなれば財産は施設に寄付したい」

と言葉では他人に話をしていたが、遺言として明記したものは一切なかった。いや見つからなかったのかもしれない。あののんびりとして決断力のない正のことであるから、遺言書は一応書いたものと思われるが、正式な手続きをとることをせずに、金庫か、別な場所にしまったまま他界したものと思われる。

人間的には厳格な父親と違って優しい性格の正であったが、一人の人間として考えた場合、離婚の理由は別として、人生を添い遂げる相手に恵まれなかったし、生まれた一人娘は、出生後一年もしないうちに、突然精神障害の症状を現し、大学病院や赤十字病院に何度も運ばれて検査をしたが原因が分からず、高熱を発してついに障害児に認定されてしまった。

たった一人の子供も自分の手から離さなければならなかったが、決して家族的に不向きな性格ではなかったし、子供が嫌いなわけでもなかった。むしろ東京から妹の子供たちが遊びにくると、自分にはない男の子ということもあって、遊園地に行ったり魚釣りに行ったり自分の子供のように可愛がった。

特に長男の良一が里帰りの実家で生まれたときには、毎日早く仕事場から帰り、父親代わりにお風呂に入れたり、次男の淳二の臨月を迎えて妹が里帰りしているときには、寒い冬であったが好きな酒も控えて、いつでも車の運転ができるようにしていたほどであった。

さらに良一とは同じ長男ということもあって、何かと、「長男とはな」と心得を話したり、東京の運動会にわざわざ出かけて行ったり、良一が高校に入るまではなにかと気を遣っていた。

その良一が幼い頃、正のことをおじちゃんとは呼ばず、「じいちゃん、じいちゃん」と間違って呼んでいたが、それでも嬉しそうに応えていた。

結局、自分の家族には全くと言っていいほど恵まれなかったと言えるが、はたして何がそうさせたのか、運命と言ってしまえばそれまでであるが誰も分からない。

酒を飲むこと以外に特別な趣味を持たなかったことから、定年後の具体的な人生設計は誰も聞いていなかった。お手伝いさんとして雇った年上の人妻と僅かなときを夫婦の真似事として過ごしたことが唯一のなぐさめだったのだろうか。

それにしては誠に寂しい人生と言わざるを得ないが、考えてみると別れた奥さんが言っていた「あの人は女遊びが激しくて」と言った「女」は、もしかしてウメさんではなかったのだろうか、と考えてしまう。

もしそうであるとすれば、これまでの正の言動に思い当たるふしがある。なぜ離婚をし、一人娘を施設に預けてしまったのか。さらに勘ぐりをすれば、弟や妹や母親に相続を放棄させたこと、さらには遺言書が見つからなかったことなどが思い浮かんだ。

亡くなった兄とお手伝いのウメさんは、どんな心の化粧をしていたのだろうか。正は自分の気持ちに正直に生きたのだろうか、それとも厳しかった父親に対する反抗だったのか。また夫のある身でありながら長い間続けていた正との関係を、ウメさんはどのように清算したのだろうか。しかし清は、これ以上の詮索は亡くなった兄の名誉のために止めることにした。

正が真っ赤に咲いた寒椿の花を好んだのは、自分の人生にはなかった鮮やかさを求めたのであろうか。それとも咲き終わると首元からポロリと落ちる寒椿の散り方が潔いとでも思っていたのだろうか。

「あのとき、のんびり屋の兄が急いで遺産相続の名義変更をしたのはなぜなのか。あのままにしておけば何も問題が起きなかったのに」と、ふと考え込んでしまうのである。

「やはり本人に告知すべきであったのよ。いくら気が弱いといっても残された人たちのことを優先に考えるべきなのよ。今になってこんなにも悩まなかったのに」と言った、妹の淳子の声が清の脳裏に浮かんだ。そして、「親父のあの厳しい性格を一番受け継いだのは妹かもしれないなあ」と思うのである。

でも今となってはどうしようもない、何とか兄の意志を実現してやりたい。法律とはいえ、まったく手を出せないものなのか、紙切れ一枚が永い年月をかけて築いてきたものを、こんなにも簡単に切り捨ててしまうのか、と自分の主張を曲げない清は、いろいろな伝を頼って弁護士に会うことにしたのである。

「俺はお金が欲しいわけではない、いずれは国にとられるかもしれない実家の財産を、なんとか死んだ兄の意志に応えてやりたい」また、「兄の葬儀費用などすべて兄のお金に手を付けられなかったし、これからの仏事の費用も何とかしなくては」と電車の入口に立って、手すりを握り締めながらじっと路線図を見つめているのであった。


今日もこの地下鉄という空間の中で、さまざまな人たちが全国から偶然に集まり、そしてさまざまな顔をして、そしてさまざまの出来事を胸に秘め一瞬のときを過ごしている。

何を考え、何を思って今日も生きていくのだろうか。

共通の目的は地域移動、このスペースを共有して。

同じ車輛でも、いつもの見慣れた顔もあるが、それは偶然の積み重ね。

みんながそれぞれの化粧を施している。

都会の生活に適合するため、心を覆い隠す化粧をしている。

本当の顔はいつ見られるのであろうか。

もう忘れてしまっているかもしれない。

自分の本当の素顔を。